自然
優雅地
讓愛流逝

多年以後，我依舊記得，上珠寶鑑定課程的時候，導師說了一個關於鑽石的故事。

「男人可以用『今天是星期二，我愛你！』作為理由，送女人一件價值連城的寶石首飾。」導師說：「這就是李察波頓和伊莉莎伯泰萊的愛情故事。」

一九六九年，美國影星李察波頓以當時屬天文數字的一百一十萬美元，從卡地亞珠寶公司買回他在蘇富比拍賣時沒有競標成功的 69.42 克拉的梨形鑽石，再贈送給伊莉莎伯泰萊。這顆得名「泰萊波頓」的巨鑽，就是兩人的愛情見證。

「波頓每次送珠寶的理由都很浪漫，除了『今天是星期二，我愛你！』，他還會說『我們出去走走吧，我想買一份禮物給你』或『因為寶石美得像你的眼睛，所以送給你無疑』，層出不窮的，只為了要博取泰萊一笑。」

跟我一起上課的同學蜜桃，用兩手托着腮邊，一臉憧憬地說：「那是一段夢幻般的愛情！」

蜜桃愛做白日夢，我則是現實派。我理智說：「我倒覺得，這個男星太有錢了，他胡亂揮霍，最後只會落得為愛情破產的下場。」

導師續說下去：「雖然，波頓和泰萊的婚姻只維持了十六年，但泰萊失去波頓之後，再婚都不盡如意，也許沒另一個男人愛她愛得像波頓那樣轟天動地吧。他可以因為『今天是星期二，我愛你！』而送她一件寶石首飾。價錢大小已經不重要，重要的是，他總會找到瘋狂送她禮物的理由。」

然後，導師微笑起來，說了總結的話：「所以，我們的主要顧客，就是一群為愛情而瘋掉了的感性男人！」

不知怎的，我一直記住導師這段話。

是的，沒有女人會不愛男人送她的情話，也沒有女人會不愛男人送她鑽石。

我一直等着這個「今天是星期二，我愛你！」的男人出現。

由步進 Ipres 的店門起，男人就目不轉睛地盯着首飾櫃。

我站在矮櫃後看文件，保持警覺地瞄着他，他還是以同一個姿勢的盯着櫃內的一排鑽石戒指，兩眼發亮。

男人三十出頭，頭髮有點蓬亂，臉孔像一塊用力撻在桌面的白色麵團般，眼睛小小的瞇成一線，身穿中價連鎖成衣店的黑色西裝，愈看愈似走投無路的失業白領……且慢，他不是來打劫的吧？

兩個星期前，尖沙咀分店發生了搶劫事件，上司提醒我們要打醒十二分精神，隨時提高警覺。我開始神經質，不動聲色用高跟鞋的鞋頭，確定了隱藏在紅地氈下的警鐘位置。

「請問——」

我保持着公司規定了的，勾起兩邊嘴角的職人微笑，招呼男人。

他指着玻璃櫃，小聲地問：「請問一下，我可以看看這一件嗎？」

我左顧右盼，負責售貨的另一位女同事跑進貨倉去了，店內只得我一個人，發生了搶劫也無人照應，我一個人要追賊抑或該報案呢？

無計可施之下，我也只好拿出鑰匙，拉出展示鑽飾的抽屜，戰戰兢兢地取出男人指着的鑽戒，放到絲絨盤子上。

男人好像看着一個忽然在他面前脫光的赤裸女人般，手足無措地乾瞪着鑽戒，聲音生硬地問：「這個賣多少錢？」

我看看掛在戒指上的牌子，告訴他：「三萬五千元。」

男人倒抽一口涼氣，難掩錯愕表情，根本不敢伸手拿起它。

我告訴他我熟得倒背如流的貨品資訊：

「這顆鑽石的圓形切割非常對稱，反射度高，也就是我們說的夠『火』。顏色也是最白的D級，十分漂亮大方！」

男人只是不住點頭，也不知道有沒有聽進我的話。然後他的視線又回到玻璃櫃裏，指着一隻鑲着小份數鑽石的戒指，「我也可以看看這個嗎？」

我謹慎地端詳他一眼，提醒自己要小心面前這人是偷龍轉鳳的高手。然後才依照他指示的取出小鑽戒。

「這個多少錢？」

「八千元。是最時款的設計，非常超值。」

男人又點點頭，目光回到三萬五千元的巨型鑽戒上，虛弱的笑笑：「唉，還是這一顆漂亮。」

我也垂眼看鑽石，附和他的話：

「當然了，美麗的鑽石，就像你心儀的女人，看着它會叫你不能大力呼吸。沒有瑕疵、純淨的完美鑽石，我們稱之為DIF，但它的美麗並不單在於客觀的評級。跟喜歡一個人一樣的，命中注定屬於你的鑽石，會叫你瞬間有着不可解釋的着迷。」

男人沉吟半晌，我心想是不是我一時忘形說太多了。瞧他的外表，應該落力推介八千元的戒指才有機會成交吧，慣常坐在辦公室的我，看來還是略微缺乏當銷售員的天份。

「嗯，小姐，我想請你幫我一個忙。」

我的高跟鞋已貼到警鐘之上，緊張戒備，他下一句會不會是「請你將櫃內的鑽石全部拿出來，我不會再說第二次」，然後掏出一把手槍對準我額頭。

男人抬起細小的眼睛，不好意思地開腔：「請問一下，你可以戴上這隻戒指讓我看看嗎？」

我大大鬆一口氣，如果他要搶劫的話，不必班門弄斧。我準備把三萬五千元的指環套進手指，男人說：「請問……戴到左手無名指，可以嗎？」

顧客至上，我照做了，戒指貼服的滑過指骨，然後手背朝上的讓他細看。

男人的肩膀，隨着深呼吸的起伏了一下。

「我想問問，假如有個男人想向一個女人求婚的話……譬如你吧，你希望收到甚麼樣的戒指？」

我愕然地凝視着男人。

忽然之間，我想起那一個夜晚。

那一個夜晚，我置身於觀看煙花的人潮中，仰起臉聽着煙花發出的巨響、看着漫天煙火的顏色，氣溫彷彿隨着每一陣驚嘆聲的提升，也能嗅到陣陣煙哨味，我身旁站着一個我最喜歡的男人。

閃電而過的回憶片段，令我有了一下恍神，我眼前似是冒起了一層薄霧，我請自己馬上冷靜下來，朝男人微笑了起來，發自內心的回答他的提問：

「重點不在於鑽石，而是經歷了大大小小的風波之後，他還是想一直跟我在一起。眼前的戒指代表他的義無反顧、他的不惜一切，除了我他不想要別人，從此以後他會用盡一己之力令我快樂。我想，我希望收到的，是把我和他的一切永遠連繫在一起的指環。」

男人聞言，靜默地笑，他是在取笑我嗎？

我立刻回復了工作的冷靜。他又瞄向這八千元的戒指，我連忙說：「其實，這一顆也——」

他的眼神又轉向我的左手，用落實的語氣說：「我要這一隻！」

我看着男人，他好像解決了所有難題，全身舒暢的笑。我被圍繞着他的輕快空氣感染了，替他高興起來。他那真心期盼送出這隻戒指的憨直表情，令他本來像麵團的臉變得可愛起來，我差點覺得我也可以喜歡上這個人。

我把戒指脫了下來。乘着職業之便，我戴過比這一隻矜貴一百倍的鑽戒，但這一隻似乎又比起任何一枚更有重量。把它褪下時，我竟有種失重的虛脫。

男人在信用卡分期付款的收據上，神情謹慎地簽下他的名字，我感覺他就像簽署結婚證書。但誰說不是呢，男人極有可能就是拿它去求婚的吧？

我用雙手把盛着鑽戒的袋子遞給男人，對他說：「謝謝你的惠顧，祝你幸福美滿。」男人感動地謝過了。

我用微笑目送他離開，真的很高興能夠把鑽戒賣給他。他使用的是平民級數的信用卡，這顆鑽石該是完全超越他可輕鬆負擔的價錢，也許他下月吃午飯的錢都沒有了，必須有一陣子節衣省吃，但一切都並不重要，他就是決定要給女人最好的。

是的，導師的話並沒有不對，我們的主要顧客，就是為愛而瘋掉了的感性男人，多一分理智也不行。

突然間，我覺得剛才的那位顧客太完美了，我雙眼紅起來。

我喜歡的男人，畢竟卻像剛才的鑽戒，被我戴上過卻又不得不脫下來。

要是，把我所有值錢的東西全抖出來的話，裏面有唸中一時，我爸送我的卡地亞手錶、外婆留下給我的綠玉首飾，還有我這幾年來簽信用卡透支分期買下的一大堆項鏈手鏈……但我只擁有一顆鑽石。

我擁有一顆鑽石。

因為，媽媽認真地叮囑過我：

「鑽石不是女人自己買的，必須要由別人送。更準確地說，必須由深愛你的男人送贈。」

我媽經常會說一大堆似是而非的理論，對我進行疲勞轟炸，我絕大部份時間都會左耳入右耳出，唯獨這個道理，我一聽就明，並且照單全收。

更意料不及的是，若干年後，我成為了鑽石銷售公關，親身見證了來買鑽石的，十居其九都是男顧客。又或者，就算女顧客前來購買，簽的都是男人給她的附屬信用卡，證明媽媽所言非虛。

鑽石不在於大小——當然，在女人的角度而言，大顆的更好——重點在於買鑽石必須傾家蕩產，感覺就似割去一條臂、砍走一條腿的痛心疾首，那才算有價值。否則，就等如你錢包裏有數千元，卻只肯買一串魚蛋給女朋友作生日晚餐，她可能覺得你創意無限，但很對不起，除此以外，她也不會感動得掩着胸口張口無語、眼泛淚光的瞪着魚蛋久久不能言語。

這不是虛榮。這是他的一條臂一條腿、他的血和肉，好不容易才能煉成了一顆鑽石，放到你手上。

——鑽石是粉身碎骨的，猶如愛情。

可是，當那個男人送我那顆鑽石時，我來不及明白這個道理，更把它當作爛石頭般隨手塞進抽屜裏忘掉，反而把一個生日請我吃咖喱魚蛋的男人當作寶物。

所以，沒想到到了今時今日，我仍然只擁有這唯一的一顆鑽石。

出席了一個即將移民到英國的大學同學的送別派對後，我累到只剩半條人命的步出酒店，馬上跳上一輛計程車回西貢。

收音機傳來一把絕對不適合當深夜節目男主持興奮高亢的聲音：

「嗨嗨各位，我是你們的節目主持人小新，今晚的第一首歌，是送給我女朋友和所有貪慕虛榮的女孩子們……嗯啊我的甜心，我不是說你貪慕虛榮啊！但話說回來，你不貪慕虛榮又怎會對我這件奇珍異獸難捨難離的呢？哈哈哈哈哈！你要乖乖躺在床上等我啊，早上六時我一做完節目就會飛車回來。現在先聽我為你精心挑選的《Diamond is a girl's best friend》。認了吧！鑽石就是女人最好的朋友！」

夠了好嗎，凌晨二時要強迫聽眾聽《Diamond is a girl's best friend》，這位男 DJ 的品味也太獨特了吧。

下車後，要走五分鐘路才回到居住的村屋，我用雙手揉捏太陽穴，讓自己保持清醒，一想到回家後還要落妝、把衣服放進洗衣機、換掉睡了兩星期開始發出怪味的床單、還有我頭痛到已經想不起來的一大堆……如果我有一顆巨鑽，不用考慮了，我會立刻將它變賣，換一個菲傭。

我搖一搖頭，我想自己真的醉了，胡思亂想在說晦氣話。

沒有女人會變賣她的鑽石。她寧願塗黑一張臉孔去應徵做菲傭，也不肯賣掉她的鑽石呢！

深夜的西貢區非常寧靜，一路上只有疏落的暗黃路燈，被人劫殺的話，喊破喉嚨也不會有人營救；屍體要是被棄置在附近廢車場的話，可能要過三個星期後才會被野狗發現。

很難想像，我在這裏居住了十年。以我的性格，應該住在凌晨三時仍是燈火通明的旺角西洋菜街或銅鑼灣雲西街酒吧街。然而，猶如生活的其他大部份，只要習慣了就會懶得去改變。

我搜出鑰匙開門，伸手要按燈掣，忽然見到客廳的沙發上有一條黑影在移動，我驚呼起來：「是誰？」

「姐姐，是我啦！」一把男聲比起我更驚慌地尖嚷：「放心，你這個家名副其實是家徒四壁，有尊嚴的賊也不會光顧啊！」

我開燈，看到一條赤裸上身、只穿短波褲的肉蟲躺在我的沙發上，地上是一個Häagen-Dazs 空盒，還有三個壓扁了的啤酒罐，我猛皺着眉，煩厭地說：「阿慎！你幹嗎又走到我家來了？」

阿慎連撐起身也懶，躺平地用雙手枕着後腦，六呎的身軀佔據整張三座位宜家的布質沙發。我一屁股坐到沙發上，把他擠進靠背，俯身解掉高跟鞋的皮繩。

「你媽在家裏開了兩檯麻雀竹戰，八個八婆共八張嘴，吵死了！我來住兩三天！」

我拉起裙子脱絲襪，「甚麼你媽我媽？我們是同父異母的嗎……你說甚麼？你要在這裏住兩三天？」

阿慎冰凍的手捏一把我的腰，我尖叫，他懶懶地說：「姐，你又長胖了！」

我撥走他的手，拾起了高跟鞋和手袋，後悔地說：「當初給你這屋子的鑰匙，是你說要地方溫習考試，可不是給你自出自入的通行卡！既然你嫌這裏家徒四壁，明早就給我滾蛋呀！還有的是，麻煩你穿回衣服，現在是冬天，你裸睡感冒了，感冒菌會傳染給我。」

阿慎懶得理會我的投訴，反過來投訴我：「我的襯衫在衣物簍裏，你橫豎都要洗衣服的吧，竹簍裏的髒衣服快滿瀉了，有陣怪味。」

我走去廁所洗澡，回頭猛瞪阿慎，他笑笑拿起遙控器開啟電視機。我深呼吸壓抑怒氣，和他再吵下去，只是在謀殺我的腦細胞。

我這個弟弟，二十三歲人了，唸到研究院還是飯來張口、錢來張手，除了睡覺就是吃喝、看電視和玩手遊。叫他把衣服放進洗衣機再用食指按鈕啟動，比起訓練全身癱瘓的病人重新走路更困難。

洗澡潔面後，我用毛巾包着頭髮，在七百呎的村屋單位來來回回的走上不下十次，把髒衣服塞進洗衣機，把床單換掉，從衣櫃裏找出一張綿被遮蓋住阿慎猶如在集中營住上了一個月、排骨似的裸體，再到廚房裏洗不知甚麼時候囤積起來的碗碟，拿出明天要穿的襯衫熨平。

看看鐘，已接近凌晨三時半，我熨着明天要穿的衣服，快累死了，阿慎卻像充電後般的精神充沛，以一分鐘十次的頻率不停轉換智能電視的串流頻道。

「我說姐啊，這樣的冬日晚上，你有像我般的優秀男人陪你度過，該感到非常溫暖幸福吧？」

「最幸運的是你，幸好明天不是假期，否則我不狂歡到天亮也不回家，你今晚凍僵成一條冰鮮肉蟲也無人理會！」

「別逞強了，你年紀也不少了，玩到天亮不會體力不支嗎？」阿慎說：「況且，姐，你別忘記自己有個同居的男朋友啊！」

我沒好氣，又瞄一瞄時鐘，還有兩三小時就要天亮了，我的睡眠質素也真的太差了，不，這根本就是個無眠的夜晚了吧！

早上八時，鬧鐘響起了，我小心不吵醒身旁的男朋友，起床洗臉換衣服上班。每天這個時間，我就由衷地渴望有個男人供養我……對啊，我沒説錯，就是那種給信眾像供奉觀音般的供養。

雖然，一天廿四小時該如何打發，我毫無頭緒，也許可以請教一下被我爸「飼養」了一輩子的媽媽，總之不必早上爬起身擠進巴士車廂，中午可以吃多過一小時的午飯（其實，扣除等位時間，只有不足三十五分鐘吧），不必對着我的上司「象腿小姐」嬉皮笑臉賣口乖，做一個對社會沒有貢獻的女人又有甚麼關係！

活了二十六年，我總算認清一個事實：世界大局、股票市場、溫室效應、失業率、通脹率，都不會因為我一個人的努力與否而受到絲毫影響。當看見讀書不成、十八歲懷孕的舊同學，拖着八歲兒子興高采烈地討論下星期去大阪四日三夜優惠團，還在朝十晚八替公司賣命的事業型女性，腦中都會閃過自己為何要那麼努力的問號。

然而，這些軟弱的時刻，在我穿上那套剪裁優良的名牌套裝後，便一瞬即逝。

我是香港大學經濟系畢業生，用的化妝品是在 Joyce 買的 Laura Mercier，晚上敷的是 SKII 面膜，看報紙先看國際新聞和名作家副刊版，咖啡喝 agnès b.，買份三文治都要選 Landmark 裏的速食店，說話不是一句中文夾雜三個英文單字，而是一口氣說三句文法通順的英國口音英語。

根據我弟弟阿慎的形容，我是一個，看男人目光永遠由上而下、眼睛生在頭頂、對路過的途人會毫不掩飾鄙夷表情、既高傲又挑剔的女子。

下午三時，我全身戴着過百萬元的鑽飾，步履輕盈的步下中環德輔道中。

我心跳得很快，每次都會這樣，不知道是因為街上行人的羨妒目光，抑或害怕隨時會有賊人跳出來，搶掠我身上的財產。

企劃案談得非常成功，我替公司拿到置地廣場除夕夜全場租用權。到時全港富豪名人明星都會出席狂歡，而場內的正中央展覽攤位，則會展出我公司 Ipres 的最新首飾。

有幾多公司對這個場地虎視眈眈，一天多少名公關人員叩門，就只有我把合約簽回來了。我的工作能力該是不容置疑的吧，對於這點我從不吝嗇於承認，從三級跳的薪金裏亦能反映。

三吋的幼跟高跟鞋，在雲石地板上清脆地敲擊作響，聽到這聲音我總會感覺特別精神飽滿。

經過公司接待處後，踏上米色地毯，跟我今天穿的白色 Theory 套裝相配極了。我步下長長的走廊，一邊將職員卡收進 Fendi 手袋，又拿出手機查看今晚的工作行程。

迎面而來的，是永遠西裝筆挺的顏鍾書和他的私人助理邱靈。

邱靈說話永遠像開機關槍，快速交代着顏鍾書開不完的會議重點。我迅速瞄了顏鍾書一眼，將視線放回手機前，在寬敞的走廊和他擦身而過，他的 Hugo Boss 古龍水和我的 Clinique Happy 混合出一種獨特的味道。

「葉謹。」

我轉頭看叫住我的顏鍾書。

他指着我的胸口，「你的心口針，有一顆石丟掉了。」

「甚麼？」我面色即時煞白，驚恐失措的垂頭望向自己的左胸。鑽石折射的光線刺進我眼睛，我掩着胸口的手不由自主地顫抖。

「騙你的啦。」顏鍾書亮出了一個很好看的微笑，轉身繼續踏下米色地毯走廊，聽取邱靈的匯報。

真可惡！我放鬆了緊張得聳起的雙肩，摩擦着瞬間變得冰冷的手指，指環上的鑽石壓進掌心的尖銳觸覺，使我定過神來，我沒好氣的失笑了。

我沒回頭的大踏步往公司保險庫，不會讓一定忍不住回頭偷望的顏鍾書看到我的臉孔，只准許他看到我白色套裝的背影和裙擺下的小腿和足踝。

是的，他一定會回看我，這就是女人的直覺。

通過保險庫的鐵門，在三個保安人員嚴厲監視下，我把身上的鑽飾一件一件的脫下，感覺猶如入獄前把衣服脫得光光被檢查。這種感覺，第一次或會覺得難受，但如果你是一個慣犯，還是會對這些程序逐漸處之泰然。

過百萬的首飾，平躺在絲絨盤子上後，我只不過是一個穿着曾經掛在名店櫥窗、現在卻拿到二手名牌店都會被拒絕回收舊衣鞋的平凡女子而已。

剛才被顏鍾書嚇得魂飛魄散，只因我身上的名貴鑽飾，都是公司借出讓公關人員見客和出席工作場合時佩戴的。丟了一顆石的話，我用五年人工也不夠賠。

總共六件，不多不少。我在登記簿上簽名，轉身離開保險庫。

要是把身上的名牌衣物都脱光，我這副軀體還值多少？油麻地廟街的獵艷老伯大概會叫價五百，畢竟我都二十六歲了，而且一張嘴就是得勢不饒人的狠毒，我總不能期望老伯再給我一百元貼士吧。

回到辦公桌前，坐在我身邊的同事蜜桃，眨着她割了兩次雙眼皮、大得幾乎合不上的眼睛說：「你弟弟剛才用公司內線找你，他的聲音真好聽，像個DJ。」

「謝謝。」保險庫裏接收不到手機信號，我一定錯過了來電。我坐下把手袋放好，蜜桃問：「你有五呎八吋，你弟弟應該更不止吧？」

「我弟弟有六呎高。」

「嘩，如果我站在他身旁，身高只到他的——」

免得她幻想太多，我打斷她說：「腋窩下。」

蜜桃露出了一副受傷的表情，走去茶水間斟咖啡。

見蜜桃走開，我偷偷撥了一個電話：「你找我嗎？」

辦公室隔牆有耳，我叮囑過男朋友若要致電到公司給我，也請謹記要冒認是我弟弟阿慎。

「對啊，你的同事聲音好可愛呢！說回正題，你今晚——」

一隻巨大黝黑的手在我桌上敲了一敲。

我最喜歡男人有這樣的手，皮膚有些粗糙但不乾燥、手背上凸出兩道青色血管、被太陽鍍了一層深啡的皮革、手指關節骨明顯有力。我昂起頭，撥一下長髮，顏鍾書向着我微笑。

「對不起，我看不到你正在談電話。」他不好意思的退後一步。

「我有工作，遲些打電話給你。」我趕緊掛了男朋友電話。

「剛才嚇倒了你，要跟你說抱歉。」顏鍾書左右顧盼着辦公室，然後好像醒覺自己不夠大方，爽快笑說：「今晚有空吃晚飯嗎？」

「可以啊，是甚麼特別的日子？」

「你只在特定的日子才吃晚飯的啊？難怪這麼瘦。」不知為何，他捉弄我的時候，總好像很高興，而被取笑的我又不由自主的心跳加速。

「晚上七時在公司大門，會不會太早？」

「不會。我叫邱靈訂位。」

他把雙手插到筆挺的西裝褲袋內，氣定神閒離開，沿途也不似一些急於打關係扮親民的年輕男同事般，跟每一位同事寒暄一番，對辦公室內各人投向他的目光似渾然不覺。

這使我相當榮幸，讓我覺得他是專程為了我而走到我的辦公桌前提出邀約。除此之外，在這一分鐘裏，沒有任何稱得上重要的事情能夠打亂他。

是甚麼時候開始，顏鍾書培養出這種男人特質的呢？

其他男人靠近我，總會令我聯想起滑潺潺的草蛇。但顏鍾書卻像一條麻繩，穩固而又確實的把他的獵物綑綁。

拿着咖啡杯回來的蜜桃，在我身旁細聲的問。「你們是不是在拍拖？」

「職場守則之一：在公司別亂放謠言。」

「聽說你們大學時就認識是不是？他身高有六呎以上呢，我見過你們並肩走路，你穿了高跟鞋也只到他耳尖，是最理想的配搭。還有他的那雙眼睛，深邃得像外國人，笑起來自信開朗，如果你不想要，千萬要第一個通知我。」

我們由珠寶鑑定課程做同學，至今做了同事，蜜桃仍是沉迷於外型好看的男人，不計較他們的背景、性格和前途，見到俊男就會一頭栽進去，結果就是交了一連串不知所謂、光有一張臉孔的男朋友。我不禁為了她的愚蠢而嘆息，只要逛街時偶然望向櫥窗玻璃的反映，也該知道這一對不是金童配玉女，難道她以為男人會愛她心地善良？蜜桃樣貌平庸，化妝後才算得上有幾分姿色。但她的身材驕人，我作為女人也不好意思直視。

她有一番偉論：「如果男朋友的臉孔醜得連看也看不下去，又怎能夠叫自己愛上他呢？況且，拖着一個俊俏的男人上街，我會覺得好自豪啊！」

當然，我沒有跟她爭辯。

看着她和新男友放工後相約離開，如同兩個相伴着的實物原大 1:1 的塑膠玩偶，沒其他內容，也不必深究，因為你將會一無所獲。

我連蜜桃是不是一個「心地善良」的女子也不肯定，外殼下也許只有空氣，或像布娃娃般只找到一堆棉絮！但不能否認的是，她的外在有一種特殊的氣質，像她的名字般塗上了一層蜜糖。厚軟的皮肉、充滿曲線的身體又像玩具店擺出的玩偶，毫不介意被陌生人拿起抱一會又放下，開開心心去打卡。

寒冬裏看到蜜桃，我總會想像，攬着她應該會十分和暖。男人感覺冷的時候抱着我的話，卻像在嚴寒的海邊攬着一塊大石吧！

跟顏鍾書在洲際酒店吃法國菜，我問起他對蜜桃的感覺。

「蜜桃？誰是蜜桃？」

我失笑，「就是坐在我附近、身材很好的女同事呀。」

他認真地翻查記憶，結果還是不得要領。

「你都不留意其他女同事嗎？她們倒是十分留意你。」

顏鍾書聳聳肩，看似無奈。

我狡猾地盯着他看，「我可不知道你變了同性戀。難道這些年來你都沒有再交女朋友嗎？讓我想想，你的女朋友，應該都是溫柔優雅的類型吧？你説話時不會打斷你，走路時靜靜地穿着你手臂的女子。和那種淑女相比，我簡直是中世紀的格鬥女戰士。蜜桃以為我們在拍拖，純粹是一個美麗的誤會，但我沒有主動把她糾正過來。」

顏鍾書放下刀叉，提出抗議的問：「我們不是在拍拖嗎？」

我尷尬的乾笑，「拍拖？誰？我們？」

「如果你還有懷疑，那一定是我的錯失。我的動作大概不夠清晰肯定。抑或這只是你拒絕我的方法？就像六年前的那次，要拒絕我多一次？」

我瞪着他，忽然不懂回答。

他嘆口氣，也知自己言重：「我是否已破壞了本來一頓美好的晚餐？」

「不。是我……」我不該挑起事端：「剛才的問題，可否讓我好好想一下？」

「我不想給你壓力，但你在想甚麼，可以告訴我嗎？」

我一怔，「我也搞不清楚自己在想些甚麼，你比起六年前更優秀了。你現在向任何一個腦筋略為清晰的女人提出拍拖的要求，她們都會忙不迭地答應，但你向我說出同樣的話，我卻不知該如何回答。我更懷疑的是，你知道自己在說甚麼嗎？」

「我當然知道自己在說甚麼。」他說：「只是你。葉謹。你還是像以前一樣。」

「我以前是怎樣的？」

「像以前一樣，不肯把你心裏想說的，完完整整告訴我。」

「我……沒有。」

「不，我不該強迫你。我不喜歡強迫人。但要是你在盤算如何拒絕我，你可不用擔心了，直接跟我説出真相就可以啊。很多時，把真相直接講出來，就是最仁慈的拒絕方法。」

「我不是在拒絕你。」

顏鍾書鬆口氣，愉快地笑，「太好了。既然如此，你便好好考慮，但也請別考慮太久……快吃吧，菜都要涼了。」

假若我六年前沒有拒絕顏鍾書，現在的我，也許和他早已分手了，在街上碰面會裝作不認識的直行直過。當然，也有另一個可能，我和他結婚了，每天牽着我們的孩子在金鐘太古廣場購物。

然而，我們卻卡在同一個關口上，思索着同一個問題，這真不可思議。

我覺得，這是上天給我的第二次機會，要我用六年的經歷，重新審視我究竟追求的是甚麼。

——或者，讓我至少明白自己不想追求甚麼。

讀大學一年級那年，顏鍾書唸碩士，我們在圖書館慣常佔用的座位相鄰，認得對方，但從不與對方打招呼。

下午沒有課，我就塞着耳筒，準時收聽收音機四至六時播放的電台節目，節目主持是個長不大的少年，説話既響亮又飛快，每一句都像説急口令，三十歲以上的「老」聽眾，根本跟不上他的頻率，就算努力聆聽，也只會聽到一堆嘩啦嘩啦的噪音，年輕聽眾卻愛死他了，這也包括我在內。

那天男 DJ 看報紙，見到健康團體提議城市人日行一萬步，突發奇想就吵着要從廣播室起步，用手機跟另一個女主持保持連線，兩小時後從九龍塘廣播道的電台走到牛頭角，猛喘氣跟聽眾報告還未行完六千步，老人家行完一萬步該會壽終正寢。大家都打電話來替他打氣，又笑罵健康專家不知所謂。

聽着男 DJ 一邊行萬里路一邊囉嗦，我縮着頭頸躲在圖書館的卡位間隔後，忍不住在竊笑。

頭頂掠過一片陰影，我抬起頭，卻見顏鍾書站在我身旁，我以為自己笑聲太大騷擾了他，解下了一邊耳筒，正想致歉，顏鍾書卻伸手取過了它。

「看你笑成這樣，好像很有趣啊！」

說罷，他把耳筒塞進自己的耳朵，蹲到我身旁，留心地傾聽。

我屏住呼吸，怔然凝視着突然冒出的這個男學生，居然不敢打斷他。他沒有看我，皺着眉聚精會神的收聽電台節目的廣播，過了好像一個世紀似的，他除下了耳筒，向我抱歉笑笑。

「這位男 DJ 應該在說廣東話吧？為甚麼我好像聽不出一句完整的句子，也完全無法理解他的話呢？」

「他是在說一種方言沒錯。」我暗笑。

「甚麼方言？」

「年輕人的方言。若你聽不懂，只代表你不再年輕了。」

他搖搖頭，萬般無奈地說：「難怪，我的朋友都說我是個『廢老』。」

我暗笑起來，顏鍾書的朋友很了解他。的而且確，顏鍾書像個活在五十年前，不知怎的就從時光機落到這個年代的男人。

乘升降機他會先讓女士步出、約會時女孩子永遠不用付錢、吃飯中途我去洗手間，他也會跟着站起身，我愕然地瞪着他，後來才知道這是男士們的餐桌禮儀。他有家教但最重要的是他很樂意做紳士。因此，在渣男無處不在的香港，他是罕有的絕種生物。他的處變不驚、臨危不亂和風度翩翩。令我見識到甚麼叫「男人」。

少女和「廢老」就這樣認識了。

我喜歡在寧靜的圖書館裏，坐在他的旁邊，聽着他揭書時，紙張經過手指發出的乾燥而清脆的聲音，喜歡他平均沉穩的呼吸聲。

這些聲音，唯有從一個內心安靜的男人身上才能夠聽得見。

晚飯後，我和顏鍾書在尖東海旁步行，冰冷的海風迎面吹來，我抱着雙臂望着對岸的大廈燈光，他動作俐落自然的脫下外套披在我肩上，我朝他微笑一下。

「你今晚好安靜啊，是不是因為我……」

我搖搖頭，阻止他繼續自責：「昨晚睡不好，今天有點累吧了，我們不要說話，好嗎？」

他看着我，乖乖抿起嘴唇，與我沉默地並肩而行。

我專注地聆聽他的呼吸聲，一下一下的，彷彿氧氣和二氧化碳變換的交響樂。

我們沿着彌敦道漫步到了旺角，途人逐漸多起來。我褪下他的大衣說：「我要回家了。」

「我送你。」

我向「旺角至西貢」的小巴總站抬抬下巴，「乘小巴很方便。你住港島，繞一個大圈多無謂。」

顏鍾書接過大衣，似不經意說：「其實你是不是一個人住呢？我經常會有這樣的疑問。」

「為何這樣說？」

「你不像個喜歡獨處的人。」

這話題太敏感，我即時轉移視線說：「想不想獨處，我也是看心情。我弟弟這兩天來了我家寄宿，我想靜下來片刻也不行。」

他送我到小巴的車門，我上車前向他道別：「明天見……哈，這句話，好像回到從前。」

顏鍾書聽到，懷念的笑了。

小巴很快發車，轉頭望望隔着車窗看我的顏鍾書，他就是有那種禮儀，總會目送女人離開才會走開。為了感謝他的溫柔接待，我朝他感謝地點一下頭，車子徐徐開動了。

被一個男人事隔多年仍繼續喜愛，我的內臟有填得滿滿的充實感。好像吃了英式的三層下午茶糕點，伴着濃稠的奶油，胃部每一個空隙都被塞滿的暖和。

說老實話，我寧願一直留戀着這種甜膩感，只怕偶一不慎，整盤甜品都會被拿走，得一想二的我，只會得不償失。

回到西貢市中心，我沒有立即回家，穿着一身的名牌套裙，在龍船茶餐廳坐下叫了杯凍檸檬茶。

好累好累好累。

我全身每一個細胞都向我提出申訴，哀求一點咖啡因和尼古丁。我從手袋暗角取出了薄荷煙包，緩緩地吐煙，又緊接的吸一口，不想讓煙草白白燒掉，要把所有毒性都吸進我的身體內。等一下回到家，記得要把西裝裙掛在通風的窗前，用一晚時間吹散煙味，乾洗每次要二百大元呢。

白天一副高不可攀的事業職女的戰鬥格，無疑是苦心經營的。夜晚後卸下了武裝，我也只是個不那麼女性化的爛人。

如果顏鍾書知道的話，會不會對我失去一切的幻想？

龍船茶餐廳是我家附近唯一一間營業至深夜的食店，以前讀書的時候，通宵啃書讀到昏昏欲睡，我就會拿着課本到這裏來，最愛霸佔着門外的那幾張露天位子，塞着耳筒喝着一杯接一杯的凍檸檬茶，溫習至凌晨。

坐在我鄰座的大漢們，都沒有了白天的戾氣，帶着他們養的狗來這裏吃宵夜。他們吞雲吐霧，我從吸入他們的二手煙，到後來自己也抽起煙來了。各人高談闊論的吵鬧，會隨着我專注背書，而混進背景音樂去。我習慣了有很多人鬧哄哄的作伴。

顏鍾書說得沒錯，我不是個喜歡獨處的人。

我盯着卡位對面空置的座位。以前每個晚上，有個男人就會坐在我的對面一整夜。

「我就猜到你在這裏。」

我嚇一大跳，他已經一屁股的坐下，壓在鴨嘴帽下的臉咧着嘴向我笑。

我才剛想到了他，他居然就來到我面前了。

我瞪大眼看他，「你不用上班嗎？」

他比我更驚訝：「你忘記了啊！」

我夾着半枝煙的手在半空定格了，他見我一臉茫然，神情有點無奈，「我兩星期前跟你提過，你真的忘記啦？」

我腦裏一片空白，「對不起，我這幾天忙着公司的一個地鐵宣傳項目，滿腦子都是宣傳標語，我甚麼都記不起來了。」

他呼口氣，「今天是我生日，我放自己一天假，叫同事頂替我一晚通宵節目。」

我急忙擠熄了煙蒂，終於記起這個日子，內疚地致歉：「對不起！」

他揮一下手，不介懷地笑笑，「不要緊啦，我的生日還有一小時才過去，快點祝我生日快樂啦！」

「小新，祝你生日快樂！」我居然忘了男朋友的生日，我算甚麼女朋友呢？「你今天打來公司找我，就是為了這個啊……你為甚麼沒有再打來？」

「有空的時候，你自然會覆電話。你今天的工作應該忙瘋了吧？」

不，我忙着跟另一個男人共進晚餐。

這事荒謬得很，我希望盡一切努力彌補，衷心再說一遍：「我一時忘掉了，真的很抱歉。」

「真的沒關係啦。這也好，我和冰鎮本來約在明晚見面，改為今晚到廟街吃煲仔飯和蠔餅慶祝，好高興！」

蔣冰鎮是小新由中學時代至現在的好友，我忽然想到他會對我的『男朋友生日她失約』有何評價。我苦笑一下問：「蔣冰鎮一定又在背後罵你這個女朋友不知所謂吧。」

「沒有啦。」

「不用替他說好話了，你我都知道，你這個朋友最討厭我，他不下一百次叫你找過另一個女朋友吧？快告訴我，他今晚又怎樣罵我了？」我臉上帶着微笑的質問他。

小新想到了甚麼，苦着臉說：「都是那一些啦。說你工作之後就變得貪慕虛榮啦、說你遲早會找個有錢人就甩了我，也說你愛名牌愛珠寶愛錢卻不愛愛情……」

我的假笑臉好像掛不住，臉色開始發黑，小新點點我的鼻子，捉狹地說：「騙你的啦，你都當真嗎？」

「我真的相信，他就是這樣看我。」

「蔣冰鎮這個人是有點偏激，但他沒有說你的壞話。你是我的女朋友啊，他要是敢說，不怕我把他打成肉餅，再丟出西貢碼頭餵鯊魚嗎？」

「西貢碼頭才沒有鯊魚……」我為了自己兩手空空而難堪：「抱歉啊，我都沒有為你準備生日禮物。」

「禮物嗎？折現就好！」小新向老闆揚聲：「明哥，還有沒有咖喱魚蛋？」

明哥向我倆做一個OK的手勢，小新請他來兩客，對我笑嘻嘻的說：「這一餐由你來請客。」

我凝望着小新長不大的臉孔，他怎樣看也不像二十八歲了，只像個二十出頭的小夥子。我沒好氣，「你的口味真是十年如一日，二十顆魚蛋你就滿足啊。」

「我對你和咖喱魚蛋的感情，始終如一。」他用賣電台廣告的語氣說，充滿感染力。

深夜時分，小新和我並肩走下回家的斜道，街道兩旁漆黑一片的村屋間中傳來狗吠聲，有一輛車趕過我們，揚起的冷風叫我拼命縮進貼身的套裝裙裏，小新心情愉快的仰頭大口的噴出白煙。我看着他的背脊，深深知道他不是會脫下夾克披到我身上的男人。

嗯，我很了解這個跟我同居了十年的男朋友。

他忽然開心地說：「我很高興呢，生日完結前居然在茶餐廳遇到你，今天真是我的幸運日。」

「是嗎？」我失笑。

「喂，前兩天我在節目送你的那首《Diamond is a girl's best friend》，你有沒有聽到啊？」

我點點頭，也不知是幸運或不幸，我已經過了刻意去收聽小新的節目的階段，卻居然在一程車中聽到了。

他像個小孩子得到糖果般笑了，我也被他的歡欣感染了，拉着他的手臂躲到他身後擋風。

事實上，我對這份感情已不存厚望，卻從來沒想過要讓它結束。

也許吧，就是為了那種無可比喻的熟悉感吧。猶像半夜醒來走去廚房倒一杯白開水般，不用開燈都可以從睡房平安步出，解渴過後，再安全的回到暖暖的被窩裏。

我只是以「下一刻完結都不足為奇也不必大驚小怪」的心情，讓我和小新繼續在一起生活下去。可是，與此同時，我又害怕一天分開時的孤獨，而小心翼翼保護着我們的關係。

曾幾何時，早上醒來轉身把我的軀體嵌進他的背脊，是令我感覺最幸福的動作。可是，我不得不悄悄地承認，某些本來像黑夜裏鑽石般耀目的珍品，再也找不回來了。

大一那年的最後一個月，顏鍾書像個傻瓜般，捧着一大束玫瑰等我放學。

我顧盼着四周在竊笑的同學，尷尬得要死，「你這是在幹嗎啊？」

「這個送你。」

我接過他遞來的小絲絨盒子，打開來看，竟然是一枚小小的鑽石戒指。

當時的我，還未去甚麼鑽石鑑賞課程，對它的價值懵然不知，甚至傻傻分不清甚麼是鑽石、水晶和玻璃。但作為一個看過不少愛情劇集的正常少女，只知道它就是所謂的定情信物。

更可惜的是，一切來得太突然了。

我放學後正準備去影印店印英文筆記，莫名其妙收到一大束花和一顆鑽石戒指，實在招架不來。

顏鍾書用深情款款的語氣說：「別怪我老套，我只懂得用這枚戒指來表露心跡，它不具任何約束力，只是一份禮物。我希望你知道，我真的很有誠意。」

我還是反應不來，開不了口。他猶如要加強自信，用一錘定音的語氣說：「況且，葉謹，我很有信心，你不會再找到比我條件更好的男人了！」

「這就是男人的愛情觀了嗎？」我努力消化他的話，苦笑一下反問：「女人必須找到一個最好條件的男人在一起？」

他的神情有點受傷，憂鬱地問：「你是在諷刺我嗎？」

我用肯定的語氣說：「不，我只是有感而發。你並未真正了解我。我是個怪人，不喜歡鮮花，更不會為鑽石而動心。」

「沒有女人不喜歡這些的啊。」他用看恐怖片的畏懼眼神看我。

我聳聳肩說下去：「或許，我甚至仍稱不上是個女人，我將來會後悔得要死也不一定吧……反正我本身就是怪怪的。對了，你可記得我喜愛聽的電台節目？那個你一句話都聽不明白、像說着外星語言的那個節目主持？」

「那個叫……甚麼小新的DJ？這與他有甚麼關係？」

「嗯，他是我的男朋友。」

顏鍾書久久沉默，雙眼變得暗淡無望，軟弱地說：「原來如此。那我明白你的意思了，我永遠不會是他，不會說和你同一種語言。自問條件不錯的我，卻是條件不符。」

我一直很欣賞顏鍾書的聰明和坦白，面對着他，十句話只消說三句。

所以，我只是朝他簡單地點一點頭。

「送出了的禮物，我絕對不會收回。你把它當作一件無關痛癢的裝飾品吧，又或是一顆……閃閃發光的怪石頭。」顏鍾書要求我收下他送我的「發光的石頭」，並迅速回到他平日的氣宇軒昂，打趣地說：「葉謹，你有沒有考慮過，或許有天你會厭倦了男朋友的層次，反而與我這個『廢老』說着同一樣的成人方言啊？」

我把戒指像玩具般套進中指裏把玩，漫不經心地笑，「到了那時候，我會盯着這顆鑽石，後悔得想死吧。」

在那個時候，我沒想過要變心，半點都沒有。

但我卻莫名其妙擁有了一顆鑽石。

但那時候，對我來說，它真是只是閃閃發光的怪石頭。

站在觀眾席的前排，在平板電腦上記下了 VIP 推介名單。強勁的音樂震耳欲聾，模特兒穿着醋酸羊毛的手造晚裝，其中一件背部好像被人用利刀狠狠削過，露出完美的白皙肌膚，一整片赤裸的背肌，上面搖搖欲墜的懸着玫瑰金色的豹，眼睛是深海的藍色寶石。

前排的闊太們都對那顆藍色寶石虎視眈眈，我相信這套晚裝該是她們的囊中物了吧。雖然，沒有一副好身材，穿起它可真是個災禍。

Ipres 的推廣秀，製作公司聘請了頂尖模特兒，我的部門負責邀請城中的名媛明星和傳媒。被邀請的人在嚴冬中穿着薄如蟬衣的春季新裝，一邊享受着記者們的騷擾，一邊表演着她們訓練有素的高傲煩厭的表情。

眼睛所及的都是美麗的東西，美麗的臉孔、身體、衣服、鑽飾名錶。展覽廳最底層的快餐店裏有中環上班族煩惱着該吃八十元還是一百二十元的午市套餐，這裏的人煩的是那件八十萬或一百二十萬的項鏈該配襯甚麼晚裝。

我穿插在她們之間，彷彿也成為了她們的一分子。

女明星代言人戴着最後一件展品，走下台步，回頭嫣然一笑，音樂轉調，主持人邀請 Ipres 的亞洲總裁上台，大家握手並讓記者們瘋狂拍照。

隨後有雞尾酒接待，我跟數個相熟的太太寒暄，答應她們預留兩件限量版鑽錶，等她們明天到店裏仔細再看。然後，我隱沒進人群中，蕩至展覽廳的中央，盯着玻璃箱裏的手鐲。

它是 Ipres 今季的重點推介，IF Bangle。定價不算高，設計簡約，一道像殞石墮落軌跡的白金環繞着手腕，末端是一顆淨度 IF 的鑽石。

IF 又解作「如果」，代表這顆殞石撞擊下產生的一切可能性。它勢必會成為往後數個月的話題之作，所有女人都渴望擁有，如果某女星戴着它出席場合，記者們又會揣測是誰送的定情信物而大造文章吧。

「看得這樣入神啊。」

我回頭一看，顏鍾書正站在身後。

「你怎麼來了？」我問。

「來視察一下吧了，推廣秀辦得很成功呢。等會兒還要回公司開會，但現在看來，會議要延遲了吧。」他遠看展覽廳一角的亞洲總裁，他的手在模特兒的滑溜背脊上來回游移，不亦樂乎。顏鍾書把視線轉回我臉上，「你呢，之後要返回公司嗎？」

我壓着聲音：「當然不，這份工作的唯一好處就是可以到處遊蕩，我每次報稱到門市部觀察，其實就會躲到咖啡室看書。嗯，我為甚麼告訴你這些？你不會叫人事部把我革職吧？」

「你叫我經常弄不清，你是在說笑還是在說真話。」他笑了，「你都躲在哪一間咖啡室？」

「蘭桂坊附近的一家叫『藍咖啡』，我愛窩在玻璃窗旁的沙發椅，它樓上有一家小小的英文書店，我不時會順便買些看十頁就看不下去的小說，拿回家排在書架上，感覺自己就似是個文化人。」

有人喊顏鍾書的名字，是替 Ipres 代言的女星。她親暱的撫着顏鍾書的西裝衣袖，聲音軟綿綿：「我替你們公司工作，你卻沒請我吃過一頓飯啊。」

「我們的代言人酬金還不夠嗎？」他圓滑地答腔。

「那怎能夠相提並論！對啊，我看中了你們展出的一條項鏈，你過來幫幫眼，我想在首映禮時佩戴。」

「好啊。」顏鍾書瞄我一眼，我向他抬抬下巴，請他快工作。

機會不是失物待領，不會乖乖的靜待你來認領為止。你不粗魯地據為己有，其他人就會把它放進自己的口袋內。

我往展覽廳的門口走了兩、三步時，突然很想回頭再看一次顏鍾書的臉，但我又是用甚麼理由回頭呢？儘管公司裏沒有一個人知道，但我畢竟是個有男朋友的女人。

在我僅有的良知裏，我明白到自己不該為了滿足自己的虛榮心而對別人產生期待，特別當他的期待是滿以為可以跟我光明正大發展，我卻以鬼鬼祟祟的手段來享受着他的追求。

活動結束後，我獨自晃到「藍咖啡」，叫了一杯由男同志店主親手調製的莫卡咖啡，看免費供客人閱覽的時裝雜誌。

很多人說咖啡可提神，但它對我毫無作用，既不提神，也不是我愛喝的味道，我只是純粹喜歡「喝咖啡」這個詞彙。與其浪費時間盲逛一個又一個倒模似的大型商場，

「喝咖啡」好像變成一種蠻有意義的活動。

不知何故，我想起蜜桃，談那些一段接一段多采多姿但沒結果的戀愛，大概也是她覺得不至虛度日子的一種方法吧。與她相比，我自大學畢業到現在，除了在同一家公司裏每天付出十多個小時，似乎便是一片空白的乏善足陳吧。

八卦雜誌訪問了一位二十六歲的女星，她毅然結婚，數個月後更生了孩子，現在替纖體公司賣廣告。她說，她在一年裏完成了作為一個女人的，人生中最重要的兩件事。雖然，我倒不覺得那是甚麼可歌可泣的大成就。所有被男人搞大肚子的女人，不也是這樣的嗎？

但我又不禁反問一下自己，同樣也是二十六歲的我，又達成過甚麼大事了？

——這些年內，我連戀愛經驗值都沒有增加過半分。

「哈，原來你真會在這裏偷懶。」

我抬起頭，瞪大眼看着翩然而至的這個男人，「顏鍾書！」

他紳士地問：「我可以坐下嗎？」

「坐啊。」

他坐到我對面的座位，午後的陽光灑進來，咖啡館的氣溫驟然提升兩度，就像室內碧海藍天的裝潢般。

「你不是要開會嗎？還有，你正在招呼着的代言女星呢？」

「她取得想要的贊助，頭也不回地離開了。而那個會議在廿分鐘後開始。所以我馬上又要走了。」

我哭笑不得：「那麼，你幹嗎到這裏來？公司樓下也有咖啡店啊，即使他們的咖啡味道有點像洗碗水。」

他的神情卻覺滿足，「我只是來看看，你是否真的在這裏。」

我被他的認真口吻嚇了一跳，只好不以為然回應：「你不相信我的話。」

「是我不對，有些事情不用眼見才相信。但看到了，始終會比較安心。」

「你以為我不回公司會幹甚麼？找個男人幽會嗎？」

他有內容的一笑，「我沒有這樣想。只不過，現在想想，也不是沒可能啊，這是一個很不錯的提議，我下次曠工時會考慮這樣做。」

我笑，「你也要跟男人幽會？恐怕會令很多女人失望了，小心我揭發你呀！」

「你不會的，因為我也不會揭發你。」

顏鍾書站起身來，我忽然感受到一份突然的不捨，咖啡室內烤烘三文治的香味，混和着馬路飄進來的灰塵，濛起一層紗似的，我被他的話弄迷糊了。但他依舊筆挺的西裝、穩扣的衣鈕，卻令我不敢亂抬一根指頭，我可不能活像女星般曖昧。

「公司見。」他向我欠一下身說。

目送他直至轉角，我思考着剛才的一切，眼前真是我認識的顏鍾書嗎？他彷彿增加了一個危險又奸詐的角度，像是那些立體兒童書，打開下一頁時，內容便會從平面變活起來。

這些年來，我看盡了他的每一道正面，所以沒料到他會讓我看到他這一面。

怪異的是，另一個我是刻意讓它發生的吧。刻意不去改變事先張揚的習慣，刻意坐在平日的位置，刻意喝着同樣的咖啡，營造着偶然的相遇。

我在大門裝上防盜眼外加鐵閘，卻故作冒失的任由後門虛掩。

我無聲踩着軟綿綿的地毯離開「藍咖啡」，這想法令我察覺自己的卑鄙，我是比起六年前更不堪了。

一隻手輕輕搖着我的肩膊，我緊皺着眉頭，身體像躺在一大堆玻璃碎上，稍微移動都會引起疼痛割損，全身每一吋肌肉都酸痛無力。

我勉強睜開眼睛，小新俯身端詳我的臉，「我做完節目回來了，你也醒來了吧？要不要一起吃早餐？」

「不是我醒來，是你吵醒我……」我的眼睛不由自主地像掛了鉛塊的合上。

「早上七時多啦，差不多要起床啦！我們很久沒一起吃早餐了。你也要吃早餐吧？」

「我凌晨二時才睡……你饒了我吧。」

耳邊靜了下來，隔一會兒，睡房旁的洗手間傳來花灑聲，水聲把我完全吵醒了，無法再入睡。我嘆口氣的爬起床，在床沿找到拖鞋，蹣跚的步進沒有鎖上門的洗手間，隔着浴簾說：

「是不是想吃早餐啊？」

小新猛地拉開浴簾，興奮說：「是呀！」

我抹去濺上臉的水珠，苦笑地說：「你先去洗完你的澡，我刷牙。」

「要不要來個鴛鴦浴？」

我板着臉，「不用客氣，限你五分鐘內洗乾淨出來。」

他乖乖拉回了浴簾，一邊洗澡一邊哼着陳奕迅的快歌，我從放着紅藍色兩枝牙刷的漱口杯前，拿起了藍色的一枝，把小新買回來的報紙攤開，在廁板上覽閱今天的頭條。

這樣的早晨，實在是久違了呢。

自從小新由下午時段，轉做凌晨節目，每早六時才做完節目收工，他七時多回到家中已累得倒到雙人床上，呼呼睡得像一隻死豬，我八時起床換好衣服踩着高跟鞋，跑來跑去找手錶找手機都吵不醒他。每到晚上我回家時，他又已到電台上班，替一個晚間節目度橋寫稿，到了凌晨二時就開始自己的節目。

有時候，我們三天都不會面對面的說上一句話。

我由初時的非常不滿，到了現在的習以為常，始終是工作嘛，大家都是身不由己。

聽說結婚久了的夫婦會變得像室友，我和小新的同居關係發展到十年後的今天，真的愈來愈像同住一屋的老朋友了。雖然我也說不出問題所在，一切就似上了軌道的鐵路，順暢地由一站駛到下一站，不會發生車禍，不會無故翻車。

經過一場疫情，我已習慣了上網購物，總會安排下午送貨，小新都會在家裏簽收；家中電器壞了，修理人員上門時小新會招呼；晚上我把他遺下的衣服和髒碗碟洗淨，二人合作無間呢。

所以，今早像回到數年前似的，我們共用洗手間再外出吃早餐，讓我有一種時空錯亂的感覺。

在龍船茶餐廳門外的摺檯前坐下，小新叫了一個C餐再另加一客西多士，我不能置信，「你好餓啊？」

「忽然很有胃口，很久沒有這樣飢餓了呢！胃裏好像出現一個黑洞似的，可以無限量的吞噬食物！」他真是一個專業DJ，形容自己的肚餓，也可以說出一幅活靈活現的畫面。

我點了一枝煙，呷着黑咖啡，托着頭的看他，「你像發育中的少男呢。」

「不，我老了，今天播歌播到凌晨五時左右，我居然在播音室裏睡着了，雖然只瞓了半分鐘，但驚醒時嚇得冒了一身冷汗。要是那樣一直睡下去，聽眾就會莫名其妙的聆聽一小時的靜音吧……好像無聲絕境啊！」

「不啦，他們該會聽到你的鼻鼾聲。」我嘿嘿的伸一下懶腰：「你現在倒是非常精神充沛啊！」

「因為我嚇破了膽，所以才會找你一起吃早餐啊！看到你的臉，我總算也安心下來了！」他開心的綻開了笑容。

我也笑了。原來，我在他心目中有鎮定安神的效用。

盯着他低下頭狼吞虎嚥的模樣，我在心裏計算一下，原來有十年了，我和這個男人在一起有十年了。但為甚麼，他的樣子似乎都沒變過？

他仍是好像十來歲的外表打扮，最愛穿着有帽子和胸袋的衛衣。而穿着淺灰色Armani套裝的我，卻隨年歲的增長，老了。

我是一個內心和外表都與二十六歲相符的女人。

反觀小新，好像電視台重播的經典舊戲，影片仍然偶爾會叫我感動，但反覆看了太多遍，令我又有了一種冷靜和抽離。

我把最後一口熱咖啡喝光，整個人頓時清醒過來了，猶如睡了很長的一覺後宿醒的完全清醒。

我這一覺究竟睡了多久？

用餐後，雙眼充滿紅筋的小新要回家睡一睡，我則決定返公司提早處理文件。我倆在茶餐廳外的大街上道別。走了十幾步，我似有感應的回頭一看，小新原來並沒離開，站在原地朝我用力地揮手，好像一直在等我回頭。

他不懂得送我去車站，卻會依依不捨目送着我。

他的舉止像極我在地鐵裏見到的中學生，一人下車後兩人就隔着車門不住揮手，列車開動他們還要探頭看着月台逐漸變小的同學。

不知何故，我覺得這情景太可笑，沒好氣的向他擺了擺手，着他快回家休息，然後我走向巴士站，迎接疲累的新一天。

我和小新是從何開始的呢？

那年十六歲，我倆都讀中五，一個夏天的夜裏，他送我到地鐵站，我跟他說我不想回家。

那陣子我爸媽吵架了，又是為了錢的問題，母親一氣之下回了娘家。父親一天打幾十個電話過去，最難得的是我媽又有興致跟他在電話上繼續吵，菲傭姐姐 Marianne 嫌我父親太吵，霸佔了我的睡房去跟她在菲律賓的老公談視像電話，阿慎卻好像不受父親大聲罵戰的聲浪影響，慵懶的橫躺在沙發上看電視。我問他怎受得了，阿慎就會抬起眼回答：「吵架也是溝通的一個辦法啊，我自出娘胎，從未見過他們講那麼多話！」

一氣之下，我趁父親忙着講電話時打開他的錢包，把裏面的錢拿走了一半，約小新去吃日本料理，又在 DKNY 買了兩套貴得嚇人的漂亮衣服，一套送小新一套買給自己。我們換了新衣服到海運戲院看午夜場，半夜回家時，父親隔着鐵閘臉孔兇惡得似要殺人。

我倒是冷靜得可以，閒閒的說：「你不開門我就走好了。」他最後還不是悻悻然的開門，但隨後一個星期都不和我說話，也不給我零用錢。

我不知道他在生甚麼氣，我一向都是這樣用他的錢。當父親的給錢子女用理所當然，我又不要求他抱着我親吻我給我愛，我不過讓他負該負的責任。分別在於，他現在的財富減少了一點點，才會連錢都不想給我花，想用「親情」來代替，一天到晚監視着我說要管教我。

其實，我甚至也不在乎他的錢。沒有錢的時候，我和小新坐在巴士上層最後一排，研究椅背上學生們用塗改液寫的塗鴉，一直乘到總站，或者隨便在一個站下車，兩人完全不知身在何處，一直沿着大路步行，經過小食店就買幾串魚蛋燒賣兩份吃。

十年前，地球自轉的速度一定比現在快，因為時間總是迅速的溜走。無論我和他哪一天去到哪裏逛，回到旺角市中心時天色永遠已黑齊，一天就這樣過去了，他乘小巴回西貢的家，我乘另一方向的地鐵回去銅鑼灣。

那個晚上，我回家時只見弟弟阿慎躺在沙發上，他的額頭胡亂的包着紗布，紗布還有滲血的跡象！

我看他的樣子給嚇了一跳，驚叫地問：「發生甚麼事了？爸爸呢？」

「他說要去帶媽媽回來。」他側側頭，「你的屁股阻到電視了。」

我對這個置生死於度外的弟弟表示佩服，一疊聲地問：「這個時候你還顧着看電視！爸爸為甚麼會突然下定決心去接媽媽？他們的馬拉松電話罵戰終於結束了嗎？……喂喂喂，你的頭到底發生甚麼事？」

阿慎伸手拾起地上整齊斷口的一段電話線，眼睛看着電視的跟我說：「我在看球賽，但他太吵了，我連旁述在說甚麼也聽不清楚，剛巧 Marianne 在修剪盆栽，我就借她的剪刀把電話線剪斷了。」

我想像到父親罵得興起時，電話另一頭忽然一片死寂時的詫異模樣，忍不住大笑起來，隨即又止住笑，問：「你頭上的傷又是從何得來？」

「因為我跟他說了真話：『媽媽忽然間聽不到你的聲音，會發覺耳根清淨，打消和你再吵下去的念頭吧！我也終於可以當個正常單親家庭的孩子了！』爸爸拿起跟媽媽到西班牙旅行時買的古戰士頭盔砸我，然後就出門了。」

我的父親竟然要十三歲的兒子當頭棒喝，才驚醒自己捨不得老婆離開他，我覺得太不可思議。

「我們如何在這個破碎家繼續待下去？」我撿起地上的頭盔，它凹了一角，父親用的氣力可真不少，難道他想殺子嗎？

阿慎聳聳肩，「我倒是沒所謂——」

「你當然沒所謂，任何一處有沙發和電視的地方，你都可以棲息！」

「對啊，我真的沒所謂。」阿慎不理我的諷刺，看似很老實地說：「但是，姐啊，女大還是要離家的，不過是遲早的問題。如果你找到另一個比起這裏能睡得安穩的地方，你便在那裏住下來吧。」

我怔住了，「你在胡說甚麼了？」

阿慎對我微笑一下，卻不加解釋。

我臉上一紅，拿起鑰匙說：「我出去逛一下，爸爸接了媽媽回來也沒用，兩人準會吵得像地震。」

「你走之前，可以幫我弄個公仔麵嗎？我由放學到現在都沒有吃過任何東西。」

「對啊，Marianne 呢？」

「她見爸爸跑掉，告訴我她找同鄉去維多利亞公園談心，然後便走了。」他又喃喃笑：「當然，我也可能聽錯了，她說跟同鄉到維多利亞酒店談情也說不定！」

阿慎是怎樣養成這種對甚麼都不在乎、甚麼話都可講得出口的性格，我真的不知道。總之我們兩姐弟就是南轅北轍。我思前想後緊張認真，與他的坦蕩蕩大剌剌，彷彿是出自兩個截然不同家庭養育的孩子。

我替他煮了麵，又離家找了小新出來。

在旺角女人街順着人潮推進，有時人擠得不能並肩而行，我得走在前面回過頭和他說話。

「以前，我覺得我那複式單位的家大得叫人不自在，好像被遺落荒野，只想盡快逃出。我爸生意失敗之後，搬到了現在的小單位，我竟然還是有同一個感覺，彷彿全家被困在大海裏一個荒島上，我拼命的張望有沒有船隻經過，可以把我載走。」

「你說得像魯賓遜漂流記啊。」小新笑。

「喂，人家說得那樣傷感，你卻拿我開玩笑。」

「這個很有趣！」小新指着一個睡衣攤檔掛出的男裝內褲。更準確的說，是非常香艷的丁字內褲，前幅設計各適其適，有大笨象、豹紋、哈哈笑面具，還附有一個長型的布袋……

「我在跟你訴苦呀，你買甚麼內褲！」

「老闆娘，這個可以拿下來給我看看嗎？」他指着黃色的大象，「質料不錯呢！可以試穿嗎？」

染了金毛的老闆娘一怔，女人街攤檔那有試身室！但她畢竟是老江湖，惡作劇的奉陪，「可以試穿啊！」

小新十分高興，二話不說就提腿把腳穿進內褲去，把它穿到牛仔褲上面，「有點窄，但脫了褲子再穿上應該就合身了。我就要這條！葉謹，你也買點甚麼吧！」

途人的取笑目光，叫我想找個地洞鑽進去，他還要喊我名字呢，真不要臉。我黑着臉，「不要，你自己買個夠。」

「別掃興嘛。」小新拿起衣架掛着的一套睡衣套裝，那該是攤檔裏唯一給正常人買的貨品了吧？睡衣是深藍色棉質短袖，印着月亮和星星的圖案，「這套很適合你呢，我買給你作禮物。」

「隨便你。」說罷，我尷尬地逕自離開。

小新趕忙脫下丁字褲追上來，把膠袋塞給我，「別惱吧，拿住這個。」

「我是心情很壞才把你叫出來。」

「我知道啊。」

「那麼，你為何不認真的聽我說話？」

「因為，你每次說完了不開心的事，還是會一樣不開心啊。既然如此，讓我們一起買些好東西又吃點好東西，讓你的心情自自然然好轉，不就更好嗎？」他指着膠袋，彷佛很認真的說：「回家穿上這個，今晚一定能夠作個漫遊太空的好夢！我也會穿上我的大象內褲，說不定一抬起眼就可夢到你啊！」

我覺得小新這個人的想法匪夷所思，但此時此刻，我又有一陣感動。他大概已經再找不到說話來安慰我，又或安慰過我但不曾成功，才會想到買一份我需要的禮物送我。

是的，這一刻的我，需要有一場好夢。

我鼓起勇氣吐出了心聲：「我今晚真的不想回家！」我說得很輕鬆，恍如是無心之言。

小新一秒鐘也沒多想，爽快地道：「好呀，那麼我們玩通宵吧！」

「誰跟你玩通宵，我很睏了！」

「那麼，你想到那裏睡？卡拉OK？麥當勞？」

我用說着很平常事情的口吻：「到你家睡吧。」

我以為小新會推搪，怎料他也用上平常不過的口吻回應：「好呀，到我家裏睡啊。」

難道，每個女孩子問他這問題，他也會如此回答嗎？

我反而吃不消：「真的可以？」

「因為是你啊！」他的話卻解開了我的疑惑：「況且，你也知道我家人都移民了，剩下我賴死着不肯離開，一個人住。照顧我的阿姨，間中來看一會兒電視就離開，你隨時想來睡個午覺都可以啊！」

「真的嗎？」我瞪大眼。

「真的啊！但入西貢要乘一程長途車，你怕不怕暈車浪？」

由於順利得不可思議，我反而遲疑了，但我不明白自己在猶豫甚麼。然而這時候，小新已拖起了我的手，笑咪咪的說：「你可以穿新買的睡衣，或者甚麼也不穿，我一點也不會介意的。」

我作勢打他，他笑着避開，我忽然有種感冒時吃了特效藥的感覺，彷佛鼻塞頭痛將會很快就消退，一定會痊癒過來的安心。小新並不是那種一心要保護我的穩重男人，我最討厭那些木口木臉的所謂男人，他則是個甚麼都覺得沒關係的小男孩，我說甚麼他都說好，如果這晚我不是說想到他家睡，而是說要到大嶼山的沙灘看日出，或想扮麥難民打機打天光的話，他也會一口答應的吧。

於是，我在小新西貢的家住了兩晚，爸媽並沒有嘗試找我，我打電話給阿慎，才知道他們和好如初，趕到泰國旅行再度蜜月去了，大概也算是修補舊情。自此之後，我就經常到小新的家去，久而久之變了同居。

現在回想，仍對父母放縱我的程度覺得不可思議。又或者，我當時並沒有為意，但我渴望離開那個家的意欲其實非常明顯，讓旁人都了解到，阻止我的話只會惹來更激烈的反彈吧。

又或者，長期有失眠問題的我，非常需要一張可以讓我放心把身心交託給睡眠的床。而小新的存在，剛巧把疲倦不堪的我接收到他的世界去。

到了十年後的今天，我當然已明白，小新爽快邀我到他的家，我到底在猶豫甚麼。令我猶豫不決的是，在將來的某月某日，我不知自己該如何離開他。

我站在公司的貴賓廳裏，保持着最端莊的微笑。

Ipres 的貴賓廳，從不會對外開放，只安排私人展銷活動。現在狗仔隊猖狂，有錢人都不會親臨門市，因為即使鎖上了門恕不招待其他顧客，記者仍然會貼着玻璃不停地拍照，有錢客戶還是會覺得自己毫無私隱和格調可言。

聽説某位頂級國際球星來港時，LV 把他們的手袋服飾拿到他的車上讓他選購。但首飾和手袋到底不一樣，搶劫五十個手袋比搶劫一件五十萬美元的鑽石別針要棘手得多了，所以貴賓廳外都站着保安，加上富豪本身也有一隊保鏢，我覺得比待在銀行金庫更安全。

今天邀請的是某位隱形富豪，他見報不多，但每年在 Ipres 花的錢，卻足以令他躋身在我們的國際 VVIP 貴賓名單上。我見過他陪同太太選購我們的鑽飾，他今天帶來的，卻是一個比他小至少三十年的女人，他們十指緊扣，聆聽女同事細心解釋每一件限量特別版的飾物，有幾件更是獨一無二，從未公開展示過。

富豪應該有六十幾歲了，樣子卻比他實際年齡年輕得多。縱使皮膚鬆弛了但保持着古銅色，想必是勤打高爾夫球的緣故。眼睛不看着女伴時像老鷹般鋭利，眉眼之間有種懾人的威嚴，並不似那些色迷迷掛着曖昧笑容的所謂名流。

我們女同事之間常打趣説，與其為一個手袋節衣縮食，該找個老男人包養一兩年，分手後才有「本錢」談戀愛。如果我們真的去找「買主」的話，這個男人一定是在首選之列。

挨在他身上的女人身材姣好，迷你裙下的兩條腿不合比例的長得像芭比娃娃，胸是胸腰是腰，一整套的穿着 Chloe 新裝，看不出她的品味，聽她的説話卻聽得出她智商不高，直接説是幾乎等於沒有。

這也合理，男人做生意時用腦都已用夠了，和女朋友一起時還要殺細胞，實在太累人。看着富豪的女朋友，我愈發覺得最有殺傷力的女人，是那些擁有成人的身體和五歲孩童的腦袋的半進化生物……不不不，五歲都嫌太麻煩了，三歲才最可愛。

而我三歲之後，就跟「可愛」這個形容詞絕緣了，看來這一世人，就算我肯賣，也不會有富豪肯買，唯有找個追求跟伴侶有「思想溝通」的自負男人互相折磨了。

富豪和顏悦色地說：「看中甚麼？你隨便挑一件。」但我看他是坐得不耐煩。

女人興奮的明知故問：「任何一件都可以啊？」

「只要你喜歡，都可以。」

女人伸長脖子，用鐳射眼由左至右再至左的掃瞄着所有首飾手錶，非常苦惱的嬌嗲地問：「只能選一件啊？」

富豪安慰着一個小孩似的回答：「禮物是每次一件才會令人快樂的，一次收太多，快樂的程度會逐件遞減的啊。」

她呶着嘴，「你的話太深奧了，我不明白啊。」

我別過頭偷笑，你當然不明白了，多過十個字的句子，恐怕你都不能理解吧。

富豪卻很受落，他在女人耳邊輕輕說：「就像和男人睡覺，一個男人是享受，一次睡十個男人便變成苦差吧？」

「人家都沒試過一次跟十個男人睡覺！」女人叫嚷。

我深呼吸，這樣的對白會叫人感覺缺氧。放心，你跟這種有權有錢有閒情玩的男人耗下去，有一天說不定真會有那種經驗。

女人站起身，走到長桌的一端聚精會神的選購她的禮物。富豪離遠欣賞着她俯身翹起的屁股，像看着他新買的小狗活潑地吃狗糧，然後他轉過頭，跟我說：「葉謹，今次的貨很不錯。」

「謝謝。我老闆聽到一定很高興。」我微笑。

他喝一口我們準備的紅蔘茶，「告訴我，每天對着這些漂亮的鑽飾，你會不會覺得麻木？」

「沒有女人會對鑽石感到麻木的，陳先生也不會對賺錢的生意感到麻木吧。」

「是嗎？天天對着錢的符號，我倒也真的開始有點麻木了，所以要找點事調劑。」

他沒有看女朋友，但我想他指的調劑不乏女人。

「那麼，一定是我擁有的首飾還不夠多，距離麻木還差遠。」

「找人送你啊。」

「找人送不容易，況且禮尚往來，我負擔不起啊。」

富豪哈哈大笑，「世姪女，你的缺點是想太多了，有禮物就收下了再打算啊，你欠人總好過別人欠你，這是我做生意的經驗之談。說起來，你爸好嗎？」

我一頓，以大白天那種爽朗的聲音回答：「很好，有心。」

富豪還想說甚麼，女朋友卻在這時宣佈：「我選好了呀！」

我們一起趨前，女人選了全場最貴重的一件，她將足足三十卡拉大得像麻雀牌的戒指戴在手上，伸出來讓富豪看，「漂不漂亮？」

「很漂亮。」富豪捉着她瘦得像雞爪的手，「不過好像太鬆了，叫他們改一改，要多久？」他轉頭問我。

我還不及回答，女人已立刻把戒指換到中指上，「一點也不鬆啊，我還是比較喜歡戴在中指上，不用改啊。」

我心裏不是不佩服的。是害怕男人臨時變卦，她下星期已成為過去式吧。嗯，這女人原來並不像她外表的愚蠢呢，我恐怕低估她了。

「你喜歡就可以。」

富豪的助手遞上他老闆沒簽賬限額的美國運通黑卡，他面不改容的簽名。我不知道他離開這道房門後會怎對待他的女朋友，但他對女人真的十分慷慨，跟這樣的男人牽扯上，就是當他的情婦，也不會叫任何女人覺得在委曲求全吧。

在優質的鑽石和優質的男人面前，女人的虛榮總會打敗她的尊嚴。

我跟小新說：「小新，送我一份禮物。」

小新在剪腳甲，抬起頭問：「為甚麼？你的生日還差三個月啊！」

是四個月。「送禮物需要原因嗎？」

小新看我一眼，伸手勾着我T恤背後，「哈，穿了個洞！」

「在家裏穿的，有甚麼關係？喂，不要轉換話題，我在說禮物的事情。」

我盯着他的側臉，小新有着不像男人該有的白皙面頰，鼻樑高聳，老是愛頑童般微掀着嘴巴，看來總像心不在焉不正經的模樣。還有，他的頭髮太長了，像披在頭頂上的假髮。和他一起的時候，近兩年我一直在想，也許我擁有從我外表看不出來的母性呢！否則怎會喜歡上這個男孩般的男人整整十年呢？他身上那件洗過上百次的襯衫，跟這間屋的顏色融成一體。只要他把身子貼在牆上，就會形成一種保護色。

他把沙發上的腳甲撥進廢紙簍，「嗯，我那天逛永安百貨，看見一個新款的無線吸塵機，我買給你當生日禮物吧！」

「無線吸塵機。」我哭笑不得的重複。

「對呀，你不覺得我們家的古老吸塵機太巨型嗎？真奇怪，為甚麼舊款的電器好像怎用都不會壞掉的？我想換過一個新的很久了！」

「你真想送我一個吸塵機做禮物？」

他自滿一笑，「覺得我這個男朋友好體貼吧！」

我站起身，步回睡房，邊丟下一句，「算了，甚麼也不用送。」

「為甚麼啊？你不喜歡吸塵機？」

我忍不住諷刺：「女人想要的禮物，不是她『需要』的日用品，而是她『不需要』的身外物。你也算得上是半個文化人，怎麼一點都不懂得戀愛的文化呢？……我很累，先睡了。你記得要關上平板電腦，你上次忘了關，四小時吃光所有的電池。」

我不明白自己在生甚麼氣。

小新自有他的可愛處。

我高中考公開試時，比我大兩歲的小新已經在電台做 DJ，被譽為「新世代怪奇 DJ」的他，很快便進駐了黃金時段，主持午後四至六時的一個搞笑喧鬧的年輕人節目。

他晚上會陪着我溫習，我一聲不響的做上幾小時的習題，他就坐在我對面靜靜的看潮流雜誌，一邊好像在寫筆記。凌晨一時，他忽然吁一口氣說：「寫好了！」我拿過他的簿子一看，他從第一頁開始密密麻麻的寫滿「小新愛葉謹」，足足上萬次，原子筆的墨都被他用盡了。我罵他無聊，他便吃吃地笑。

只不過價值三十元、下星期就沒人要的過期潮流雜誌，我當時卻把它當作寶物的珍藏。我想，人一旦迷戀上某事物後，就會變得不像自己，把本身的性格行為都扭曲去配合了。我小時候家裏也算小富，首飾名錶我當作是玩具，戴完後就胡亂塞進抽屜內，沒有需要珍惜的概念。每到生日和大時大節，我會翻閱名牌 catalogue，在上面挑一樣合眼緣的，嚷着要父母購買。

所以，一般的奢侈品，我不為所動。也因此，我才會被小新的心意打動。

小孩子的禮物，永遠是手製的窩心，他們畫一幅看不出所以然的圖畫來送你，你都會感動不已。

是的，我當時也是個小孩子，我需要的也不過是如此。

但小新不明白嗎？十年後，我已經長大了。我需要成人的愛情，成人的禮物。

我走在他前面，一直等待他跟上來，永遠比我大兩歲的他，也不再是可愛小男孩了，我不能抱着他走。他不加快腳步的話，我就要為自己打算了。

中午時分，我跟母親在中環 Soho 的意大利餐廳吃飯，她又一如往常地遲到十五分鐘，打扮得像個貴婦般，穿着皮外套長裙高跟鞋出現。

我放下餐牌，看看手錶不滿的說：「媽，上班族也有指定的午膳時間，就算他們有個不用工作的母親，也沒有特權吃午飯吃到三時才回到公司。我二時半還要開會，你今次別叫墨魚汁燴飯，那個要煮至少二十分鐘，而且吃完牙齒都變黑色，我見客他們會以為我吸煙過度。」

公司的人都不知道我抽煙。只不過是數年間的事吧，以前的人都不那麼討厭和抗拒香煙，現在卻看不起一切我們想放任一下自己又不傷害到別人的行為。用自己的錢買首飾的、抽煙但只藏在不影響他人的後巷或承受着灰塵的餐館露天座位，自己解決生理需要而不隨便跟男人睡覺的，都會被看成憤世嫉俗、孤僻又危險的女人。

「我跟你說過幾多次，三四萬元月薪的工作，卻把自己淪落得像賣身，不做也罷！」母親充滿戲劇性的搖頭嘆氣，「我最討厭 set lunch，要一客龍蝦天使麵就好，廚師再手殘也不會煮個二十分鐘吧？」

我召侍應，叫了沙律和天使麵。吃太飽下午會想打瞌睡。

「爸爸還好嗎？」我告訴她那天遇上陳姓富豪，他問候過父親。

「這個姓陳的啊，十幾年沒聯絡了，以前都跟你爸出去玩的，新年總會送上果籃。除非有天你爸東山再起，否則我們這輩子都不會再聚頭！」

母親冷冷一笑，我相信我的尖酸憤世，很可能就是遺傳自她。

我說：「你把你的珠寶都拿去典賣，爸爸不就有本錢東山再起了？」

這當然是挖苦話。母親不會這樣做，要做十幾年前就做了，沒有了大屋、沒有了司機，甚至沒有了私家名車也不要緊，任何人都不准碰她的珠寶。

「等他東山再起，不如巴望你嫁個有錢人。」

「你這輩子就別給我希望了，我跟有錢人無緣。」我看見側着頭用叉子捲意粉的母親，發現她耳珠上是玫瑰切割的藍鑽：「嗯，這耳環是你們結婚十週年，爸爸送你的那對？」

母親摸摸耳珠，泛起了微笑，彷彿記起了爸爸替她戴上耳環的甜蜜往事。雖然她說話刻薄，但畢竟也是個好女人，爸爸生意失敗一蹶不振，她還是默默陪着他這麼多年，這是上一代的忠誠堅貞。

母親嘆息說：「唉，有其母必有其女，我們都愛上死剩把口的男人。」

誰說不是，女人都敗在口甜舌滑的男人手裏。

我咬一口羅馬生菜，打趣的說：「也不要把爸爸說得如此一文不值，要不是我是他女兒，認識那些有錢名流，Ipres 又怎會請我當公關？倒是我的男人，一顆石頭都沒送過我，那天還提議送我吸塵機作禮物。」

母親差點給嗆倒，我笑着朝她點點頭，以示她並沒聽錯。

「唉，都是因為這個家亂七八糟，再加上你爸爸的失意……你才會逼不得已的在十六歲搬出去住。」說着說着，覺得委屈的她又眼泛淚光。

我翻了翻白眼，心頭卻一軟：「拜託了好嗎，不要來一段粵語長片的對白了。我搬出去因為我當時適逢反叛時期，拍拖也拍昏了頭。」

「我這個不合格的母親，無權過問你的事，但是，女兒呀，你要為自己打算。當日如果你爸送我的不是鑽石是吸塵機的話，我現在這把年紀還可以挺着胸做人嗎？」

我不舒服地說：「你快吃你的意大利麵吧。我自會打算，況且我的銀行存款並不失禮人，想買鑽石也有員工優惠價——」

母親斷然打斷我的話：「我的好女兒，鑽石是要男人送給女人的啊！一段愛情如果連一顆鑽石都沒有的話，到底還有甚麼價值呢？你記不記得伊莉莎伯泰萊……」

我知道母親又要開始了。

她最喜歡的伊莉莎伯泰萊和李察波頓的愛故事。

一九六九年，李察波頓以當時屬天文數字的一百一十萬美元，從卡地亞買回他在蘇富比拍賣時沒有投取成功的69.42卡拉梨形鑽石，再贈送給伊莉莎伯泰萊。這顆得名「泰萊波頓」的巨型美鑽，是他們愛情的見證。

泰萊失去波頓後，多次再婚都不如意，也許是因為沒有另一個男人愛她愛得像波頓的轟天動地吧。因為，再也沒有一個瘋子會因為「今天是星期二，我愛你！」而送她一件寶石首飾了。

不單止鑑鑽課程的導師視之為教材，連母親也提過不止一次。我開始懷疑，這段舉世聞名的愛情與巨鑽的故事，到底有幾多成屬實，抑或只是珠寶公司公關部放出來的動人廣告橋段而已。

我看着自己光脱脱的左手無名指，説平淡生活是幸福的，都是平凡的人。

試問女人誰不想變得不平凡，就算我們的不平凡，只得一個男人認同。

蜜桃給我看她跟新男友的貼紙相。

連中學生都不流行拍貼紙相了，大家現在愛用手機拍照打卡，再用美圖程式把自己修改成卡通片集的大眼主角的和變成蛇精，只是沒想到，蜜桃還陶醉於這個老舊的玩意。

模糊的迷你相片中的男孩，睜着大而空洞的眼睛，不是說他雙目無神，而是他眼睛大得像北京狗，裏面除了天真爛漫之外，我再找不到其他內容。

「他幾多歲？」

「二十！」她扁扁嘴，「為甚麼你對男人的年紀那麼有興趣？」

「你錯了，這是令我對男人失去興趣的原因。」

「雖然是姊弟戀，但我們可以溝通得來啊！」

「這樣的愛情並不實在啊。」

蜜桃不以為然的說：「愛情根本就是不實在的呀！我們不講錢只講心，我才不是那種貪慕虛榮的女人。」

是嗎？我倒覺得高呼愛情萬歲的人，才是真正虛榮。

「你們有完沒完？」身後傳來一把沙啞冷漠的聲音，轉身只見上司象腿小姐猛瞪着我們，蜜桃和我立即閉嘴，乖乖打開文件工作。

象腿小姐在眼鏡後的臉咬牙切齒：「一天到晚就只顧談愛情，你們真的把這份工作當作結婚前的優差啊？」

象腿小姐要嫁人是沒希望了。四十歲人高薪厚職，晚上回家開支中價紅酒送出前一丁，也不願意走到烏煙瘴氣的酒吧，把自己放出「市場」。無疑，她這個人有着無懈可擊的保護色，頭髮梳得一絲不苟，衣服品味也一流，但眼角眉梢都是看不起男人的自傲，彷彿任何走近她的人都要佔她便宜。

「葉謹，你有沒有帶腦袋上班？這份邀請名單，竟然漏了我們的台灣 VIP，你想他們遠道飛來旺角逛女人街？」

「我把他們放在第二頁了。」我直視她的眼睛，這個女妖。

象腿小姐揭去文件的第二頁，見到台灣 VIP 的名字，她卻沒一聲道歉，然後抓錯處似的一副勝利口吻：「美爾證券總裁的太太呢？這個不會在第三頁吧？可惜我手上只有兩頁紙。」

我無趣地說：「對不起，是我漏掉了，立刻加回。」

象腿小姐哼一聲的走開，她的 Manolo Blahnik 高跟鞋似要把我像螞蟻的踩死。

蜜桃壓低聲音：「嘩，這個女人提早到了更年期啊？好火！」

我把資料加進電腦，然後用滑鼠按列印。「我去一去洗手間。」事實是我氣悶到想人體爆炸，只想跑到後樓梯狠狠抽幾口煙，再回來跟象腿小姐繼續搏命。

我把煙包放進大褸袋內，步下辦公室的走廊，眼睛盯着地毯，留意着泥黃色和白色的毛線編成的米色。我已忘記由甚麼時候開始，我會沒意思的凝視着一件物件，把它的條紋仔細地看，腦袋是一片空白的，完全不在思考的狀態，就讓時間就那樣虛度過去。

有時是盯着鑽石切割的紋理，有時是手機熒幕的時鐘數字，有時是手背上的細紋，我彷彿可從這些整齊的細節中找到安靜的感覺。

每當我放空，小新總會對我說：「你啊，就像下大雨時地鐵車廂在露天軌道上行走時，車窗上的雨。它們會呆呆地停頓一下，然後迅速的滑過玻璃啊！」是的，別以為小新只會胡鬧，他經常有異想天開的奇怪想法，我覺得他的形容很有趣，所以一直記住了。

忽然，有一隻強而有力的手把我拉到一旁，我想尖叫，那人卻馬上掩着我的嘴，我跌進他的懷中，驚嚇地抬頭，是顏鍾書。

我輕聲地喊：「你幹嗎？」不知何故我覺得自己該神秘的說話。

「對不起啦！」他無聲的推開防煙門，探頭出走廊，我盯着他一本正經的側臉，再轉過來換成溫柔的笑臉，「我嚇倒你了？因為不想被邱靈發現，我這位秘書太盡責，一直催促我起行。」

我不明所以，但沒開口問，等待他說下去。在這麼接近的距離，叫我忘記放下護着胸脯的手，想起時突然放下，動作又來得有點生硬。

「這個，送給你的。」

顏鍾書遞上一個 Ipres 的盒子，我一聲不響的接過它打開，裏面是一隻 IF Bangle，我愕然的看顏鍾書的臉。

「上一次珠寶秀，我見你一直看着它。」

「但是——」

「有員工折扣，並不算甚麼貴重的禮物。」

是的，要知道鑽石的成品價格只是它的定價約五分一，所以 Ipres 給我們頗大的折扣，鼓勵或更正確點說是誘惑我們多些買下和戴上它的產品。顏鍾書說：「我翻查你跟公司購物的紀錄，發現你買過手錶項鏈等，但從不買鑽飾，覺得很意外。其實你的膚色很適合佩戴鑽石，應該多戴。」

我皺眉頭，「那是我的私人資料。」

「私隱，就是只限高層人士瀏覽的意思吧。」

顏鍾書那種肯定的語氣，使我害怕起來。我的身體一涼，把盒子推回給他，「我不能無緣無故收下它。」

「我以為送禮物才需要原因，從甚麼時候開始，連收禮物也需要原因了？」

顏鍾書有一種讓人不敢否定他的威嚴，我抬起了的手卡在半空，猶豫着沉默無語。

他笑了，「如果真的要找個原因的話，那麼……因為今天是這個月的頭一天，祝你有一個全新的好心情吧！謹，我要趕往巴黎的飛機，在那邊公幹幾天，星期五就回來。星期五晚，我們一起吃晚飯，我在Gaddi's訂了位，抑或你喜歡吃中菜？」

我怔然地搖搖頭，只得順服地點點頭。顏鍾書像看着一個吃雪糕吃得一臉都是的迷茫小孩，笑着從盒子取出手鐲，套在我的腕上。他吁一口氣，滿意地說：「很漂亮！今天戴着它乘車回家吧，你這個生招牌可能會增加公司的銷售額。」

我把手臂湊近臉孔前，鐲上的小鑽石反射天花板射燈的光線，炫目非常。這樣近距離看它，比起隔着玻璃箱裏美麗得多了。我說：「謝謝。」

「不用道謝。上一次送你禮物是甚麼時候？我都忘記了。……我今天很高興，生意也談得非常順利，也許以後該給你多送禮物。我真的要走了。」

他步出走廊，我以為不被發現的目送着他，怎料他又轉頭，和我的眼光接上，指着我說：「記住星期五啊！」

已經，回不了頭了吧。

小新約我吃晚飯。

他提議到廟街吃煲仔飯，我說我一身套裝短裙實在不方便，每次經過榕樹頭公園都被販賣性玩具的大叔用眼睛非禮。我說不如到Outback Steakhouse，他卻告訴我大家樂的牛扒餐才六十五元一客。

我頓時失去了耐性，「我請客，ok？」

「……那我不客氣了，我要吃神戶牛柳！」小新高興說。

我在想我的語氣是否太重了一點，雖然，神經比常人粗的小新似乎毫不在意。「八時，『Outback Steakhouse』，尖沙咀近 The One 那間，尖東那間不太方便。」

我放下電話，蜜桃笑着搭訕：「又是你弟弟？」

「為甚麼你知道是他？」

蜜桃側着頭，塗着粉藍色閃爍眼影的大眼眨呀眨，「因為你跟他説話的時候特別兇惡，很有大家姐的威嚴呢！」

我勉強地陪着乾笑兩聲。真的嗎？我跟小新説話很兇？我一直沒有察覺。我覺得我跟任何人説話都很兇呢，除了顏鍾書，每次面對着他，我就像語言能力衰退。

我打電話給我真正的弟弟阿慎，他過於空洞的應聲令我猜想他正在睡覺，唉，現在的大學生。

「你覺得我説話很兇嗎？」

「甚麼？」他神智不清問。

「醒一醒！現在甚麼時候了？太陽都快下山，你還在夢中！我在問你，我説話很兇嗎？照實回答。」

阿慎還是一貫的懶洋洋，「你聽聽自己剛才的語氣。下次我錄下去給你聽。我想你自出娘胎就是如此刻薄兇惡、咄咄逼人啦。只有小新哥忍受到你……你打電話來就是問這個？」

我自我審查般收斂了：「我真的如你所說的不堪？」

「姐啊，你經期來了嗎？神經那樣敏感！我認識你二十三年了，你一向都在長輩面前扮乖乖女，對其他人要求很高，別人達不到你要求你就擺出一副臭臉，說話不留情像下命令……但這有甚麼關係？你又不是沒有男人要。放心，小新哥他長大後會娶你的，雖然他現在仍未脫離青春期。」

「謝謝你的安慰。」

「不用客氣。我昨晚上網了一整夜，很累，我要睡了。」

「你給我好好唸書，否則我不替你交上網月費！」

阿慎掛線，我沉默的按着鍵盤，思緒飛得老遠。我總可以依賴阿慎給我誠實又一針見血的意見，的而且確，我自小沒有知心密友，長輩們稱讚我獨立成熟，同學們除了問功課都對我敬而遠之。我卻從來不認為我是冷漠的人，我也可以溫柔，只是比較實事求是罷了。

蜜桃學歷條件都比我差，但她從不欠缺仰慕者，男同事都愛跑到我們的部門逗她說話。我十年來卻只得一個男朋友，主要原因是否我把男人都嚇跑了？他們覺得接近我如同受詛咒？

只有小新才能忍受我嗎？

中學我和小新同班，同班了幾多年我都想不起來，反正我一直都沒有注意他，他永遠坐在課室最尾一行，我永遠坐教桌前，所以他只是座位表上的一個名字。那時候的他，完全不對我的胃口。

個子不高，樣子不帥，成績不好，留過班，還瘦得皮包骨像匿藏在貨櫃一個月剛抵埗的偷渡客。這樣的男同學在我而言，簡直跟透明人沒兩樣。

某天放學後我隨着人潮湧出學校，我邊走路邊看手機，不小心踩着前面某人的鞋跟，他的黑皮鞋剎地飛脫，那個某人狼狽地向前一仆，回過頭厲眼瞪我。

那個某人，就是小新。

我機械性的沒誠意說：「對不起。」

小新拾回鞋子，笑着說沒關係。我瞄他一眼，一聲不響的走開。

那時為了應付要命的大考，同學都去自修室溫習。不想溫習時也得隨波逐流的去自修室裝個勤力在乎的樣子。我逕自步行到附近的圖書館自修室，甫踏進大門，離遠看見升降機正要關上，我大喊：「等一等！」

站在升降機裏的人剛巧就是小新。他微笑着向我揮揮手，我鬆懈下來的放慢腳步，他竟然按下關門的按鈕，鐵門就在我面前合上。

賤人！我氣上心頭，用力的踢升降機門一腳。

我在自修室找到了一個空座位，拉開椅子伸出屁股要坐下。

「這裏有人。」

又是小新。

想起來，我生命裏的男人，好像都在圖書館裏開始。

我在他後面找到一個背對着他的座位，揭開書溫習，讀不下去時就無聊地周圍望。

整整兩個小時，沒有人坐上他預留的椅子。

他是故意不讓我坐吧？可惡，從來無人敢這樣整我。

他收拾東西離開，我合上書本跟在他後面，盤算着要怎樣教訓他一頓。

我們不發一言的站在升降機大堂。升降機到達，裏面擠滿了人，我和小新勉強迫了進去，超重的警號刺耳響起。我若無其事一動不動，等他自動退出。最離譜的是沒有君子風度的小新，絲毫沒有讓步的打算，升降機裏的十幾人陪着我們在那裏一同僵持。

免得被大家咒死，我實在無計可施了，向後踏出一步，朝升降機裏的小新微笑揮揮手道別，君子報仇十年未晚啊。

超重警號卻沒有停下來，最後，小新唯有死死氣退回大堂。

升降機走了，我盯他説：「我只是踩了你一腳，有必要如此小氣記仇，和我過不去嗎？」

「因為，踩到人的你，比起被踩到的我還兇啊！我偏偏想看看你能夠生氣到甚麼程度……呵呵，原來也不是很可怕吧！」

「我一向都是這樣，黑着臉並不代表我生氣，我只是沒有笑的理由。」

「要逗你笑也太困難了吧？我跟你不一樣，我很容易就可以快樂。」

「真的嗎？那麼我真的恭喜你呀！」我連連按着升降機的按鈕，公共圖書館的升降機真慢。

「那麼，甚麼東西才可以令你快樂？」

這人話真多。我瞧他一下，敷衍着說：「錢吧。」

「我只要有人陪就快樂。」

「靠別人才能找到快樂，你會失望。」

他忽然說：「也該不太困難吧。我今天心情很差，陪我一下可以嗎？」

我瞪着他，他彷彿虛弱地一笑，「我可以付你錢。放心，我不是要你跟我去開房間。」

我不知道為甚麼我會聽他的，但我居然呆坐在旺角球場一角，看他帶球上籃半個小時。

他不是帶我看他炫耀球技，因為他打得太爛了。左右腳不協調，走步還不止，跳起來不夠一呎，籃球連球框也碰不到，半小時裏他拾球的時間比帶球的時間多一倍。換上球衣之後我才發現他瘦得像火柴人，大腿比我還要幼嫩。

他投籃左腳絆到右腳，跌倒時像一塊濕抹布的撻在籃球架前。

我跑上去，「你沒事吧？」

他頹然的噴一口氣，想站起來又跌回地上。

「你失戀啊？」

他抬起頭，「才不是。」

「你的球技真有那麼差勁啊？我以為你是受甚麼刺激才失準。」

「我的籃球偶像退休了，我心情不好。」

「呵。」是那個剛退役的黑人「籃神」啊，我還以為小新家遭逢巨變。

「你看不起我？」

「才不會，我曾經因為發現某帥爆了的電影男星是同性戀，沮喪到現在，他主演的戲一律不看。」我竟然會安慰別人。

小新坐在地上抬起頭笑了，他笑的時候不難看。然後他的目光在一個奇怪的角度怔住了，不能移動。

我慌忙按住過短的校服裙，「看到內褲了？」

他垂下眼，「看到了。」

「那麼你還一副苦瓜的樣子？」

他被我逗得樂透了，精神地撐起身來，「我快樂起來了，請你吃麥當勞。」

年輕時覺得的浪漫，長大後只會覺得不外如是。十六歲時認為的快樂，二十六歲再經歷一次的話，只會認定是無聊頂透。

是因為成熟了，不再因兒戲的玩意而興奮，還是內心生了繭，難以感受到感動了呢？我倒想得比較實際，覺得自己只不過已到了另一個階段，we move on！

是的，總不可能一輩子也像孩子般，拿到一顆大白兔糖就要開心一整天，想吃糖的話，我就去超市買一大盒。當快樂也可以自己輕易滿足，就不用大驚小怪，也沒有過分興奮的必要。

中學時五天有三天都吃麥當勞，我卻想不起上一次吃麥當勞是甚麼時候了，好像是三個月前通宵準備會場時逼不得已買的宵夜，吃完第二天更生了一顆大暗瘡吧。

我是變了，但人是應該要變的。以前覺得十八元一個芝士漢堡包是享受，現在我買一份四十八元的 Pret A Manger 三文治也面不改容，有時間的話我更希望好好坐下來吃一頓日本料理。

二十六歲還每餐都是麥當勞，不是童心未泯，反而是一種悲哀啊。

我在 Outback Steakhouse 叫了 $798 的神戶牛柳二人套餐，但我只吃了兩口，其餘全程都在抽煙。很大程度上，我愛來這家西餐廳，尤其指定要這家分店，只因它有幾張設在露天的座位，讓我可以舒服坐着抽幾根煙吧。

這星期都在公司忙碌到很晚，和同事去酒吧我又要保持形象，酒只淺嚐煙碰也不能碰。其實我的酒量很不錯，多得父親自小薰陶，但母親說不能讓男人知道你的酒量，和他乾掉一支 XO，他可能驚嘆你是女中豪傑，卻從此不會把你當女人看。下一次，男人對你的下限，就是兩支 XO 了。

小新吃着被肉汁浸軟了的薯條，問我為何吃那麼少。

「我不太餓。」

事實上，牛柳煮得太熟了，我明明叫五成熟，端上來卻像燒烤用的炭。小新倒是渾然不覺，吃得很滋味。這該是一種幸福吧，他就是如此容易滿足的人。

小新心情很好，告訴我某二線女星在金曲總選裏唱歌走音，唱片公司為了補救瘋狂攻擊的輿論，不停來電要求多播她那些在錄音室一個一個音符收錄的所謂好歌；電台新請了個新女DJ，她可以一個人扮演五種不同聲調，更可模仿由輕度至最嚴重的打鼻鼾聲音。

我一直聽着他大話西遊，一邊把玩手腕上的IF Bangle。

小新都沒有察覺我的新飾物，更沒有問起是我自己買還是別人送。

想起來，我根本沒有跟他提起過我喜歡這隻IF Bangle，我從來不會跟他說起工作的事情，並不是故意不說，只是不知從甚麼地方說起。他對我的工作一無所知，我亦不覺得有說明的需要。忽然教授他鑽石的評級在於它的4C：Cutting、Colour、Carat和Clarity，他該會像聽着俄文一樣的一臉迷惘的吧。

我擠熄了煙，聽到他興致勃勃的說：「就這樣決定啊！」

「甚麼？」

他皺眉，「你都沒有聽我說啊？」

「對不起，我在想其他事情了。」

「我說，星期五你放工後，我們乘船到澳門玩兩日一夜，你剛才在點頭呀！」

「我有嗎？」下次記得不要亂點頭。

「我們已有很久沒一起去旅行啦！我們可以去大佛口吃葡菜，到賣魚蛋的那個嬸嬸舖裏探她的金銀眼貓貓，去威尼斯人拍照，然後回酒店游水……」

「星期五不可以！」我連忙說。

「為甚麼？我記得你說這個星期六，你公司短週啊。」

我撒謊了：「因為……臨時加了工作。我公司最不講人權了，你知道。」

「不可以讓別人做嗎？」他的樣子很失望。

「你星期五晚不用做節目？」

他把最後一片牛柳吃掉，「我找了代班。」

「這星期五真的不行……對不起。」

「沒關係啦，等你有空，遲些再去。」

我有點內疚，但顏鍾書約了我在先。不，即使約了我的是別人，我也不可能推掉吧……我知道自己在自欺欺人，顏鍾書的約會自有它特別的重要性。

我抱歉地說：「你還沒有訂船票酒店吧？錢我付回給你……」

「不用啦。我才不會準備得如此周詳。我跟電台說不用找代班就可以了。」

「對不起。」

「你竟然說了兩次對不起呢！我大人有大量原諒你啦。對了，餐茶喝甚麼？」

我看着小新的笑臉，也跟着笑了。他那兩條粗粗的眉毛，使他看起來真像賤賤的卡通人物蠟筆小新。我讀大學時開始化妝，某天心血來潮要替他修眉，才拔了第一根，他就眼淚直流喊痛，掩着臉不讓我拔下去。

小新其實不叫小新。他有一個好老套好文藝的名字，叫「杜文生」，我討厭他的中文名，所以便給他起了小名「小新」。也不知道他喜不喜歡這個小名，但他去報考電台時，竟用上了「小新」做藝名，我也不知不覺，一叫這個名字就叫了十年。

小新永遠縱容我的任性。然而，廿六歲的男人仍叫小新，換着別人一定覺得格格不入，我是叫慣了，還是因為他根本好像沒長大過，總之就再也沒有叫過他的本名了。

其實，也許是換過一個名字的時候了。我沒有告訴小新，其實我早已不喜歡去澳門了，今天才跟同事說假期想去北海道滑雪。

我們坐在二人桌前，感覺卻似坐在一張長桌的兩端對望。

星期五，我整天坐立不安。中午代表公司接受雜誌訪問，介紹 Ipres 的 IF Bangle。女記者盯着我手腕上相同的手鐲，告訴我它是近期的女星新寵，「你們都會買公司的飾物戴啊？」

我微笑着轉動手鐲，「也要視乎設計本身是否吸引，我自己也十分喜歡 IF Bangle。」然後仔細的介紹它的設計特點。

回到公司，我每隔幾分鐘便檢查手機，顏鍾書沒有打過電話給我、也沒留信息。下午六時，我終於忍不住撥他的辦公房直線，接聽的卻是他的秘書邱靈。

「顏先生不在辦公室，需要留個口訊嗎？」邱靈職業性地詢問。

「不用了……他的飛機甚麼時候抵港，你知道嗎？」

「對不起，我不可以透露他的行程，請問你找他甚麼事？」

「啊，我遲些再找他好了。」

「你貴姓？是哪個部門？」這個女人的語氣簡直像顏鍾書的管家婆。

「我還是遲些再打來吧。」我想馬上掛線。

她一定是看到我的直線號碼顯示，「是葉小姐吧。今晚顏先生還有 appointment，他或許不會回公司，我幫你留個口訊給他好了。」

又說不可以透露他的行程。她是故意想替顏鍾書擋駕吧，但她當然不會知道是顏鍾書約了我。

「那麻煩你了，我只想知道他今晚甚麼時候來接我。」

邱靈一頓，語氣柔和了一點：「沒問題。我連絡到他之後，再給你回覆。」

對於狐假虎威的私人助理，你是必須給她一點顏色，她才會給你應得的尊重。我掛線了不足兩分鐘，蜜桃就跟我說：「一線。」

是顏鍾書嗎？我立刻接聽，卻是小新。

「甚麼事？」

「沒事不可以打電話給你嗎？」小新笑問：「今晚要一直留在公司工作啊？」

我一頓，腦袋飛快地想到，萬一他晚上再打電話來發現我不是在公司，我該如何解釋。「嗯，也許晚上會跟同事出外吃點東西。」

「至少要待到七時多才可以出外吃飯吧？」

我模糊地答是啊。

「努力啊！我還要靠你去供養呀！」他笑了。

我唯有陪笑。

小新今天有點奇怪。但是一想到我瞞着他和別人約會，就不好發作。其實我在心虛甚麼呢？我只不過是去吃個晚飯罷了，又不是做甚麼對不起他的事。

以前我一天會打很多通電話給小新，問他在甚麼地方、在做甚麼、中午吃了甚麼、晚上約了甚麼人、甚麼時候回家。他總是不厭其煩的一一回答，我倒覺得自己變了個麻煩女友。

女人太空閒，才會由早到晚想知道男人的行蹤，以為這樣就不會跟他的生活脱節，以為掌握他的行程就可以安心了。

我討厭自己變成那樣的女人，所以逐漸阻止自己這樣做。但原來這些事是不用刻意阻止的，當你有你自己的生活，就不會為了他這一分鐘身在何方而感到擔心。

也許，當你不想他追問你的行蹤時，你就不會追問他了。

熱戀中的情侶是不需要私隱的，當你開始捍衛你的私隱，你就知道你再不是在熱戀中了。

小新和我，距離熱戀太遠了，好像已是上世紀的事情，蜜桃的誤會也不是沒有理由的，我們真的比較像姊弟。

接待處小姐撥直線來，說有人找我。我站起身來，蜜桃也活潑地應聲彈起身說她剛巧要到樓上的企劃部，跟我一起走。我不置可否，不理解這些連上洗手間都需要人陪的女人。

我們走到接待處，我卻愣住了。

向我咧嘴而笑的，是小新。

「你幹嗎來了？」我像一尊石像的佇立原地。

他答非所問：「我都沒來過你公司，這裏很漂亮呢！」

我一把將他拉到一旁，面色煞白的說：「這裏是公司！你上來不先跟我說一聲？」

「想給你一個驚喜啊！」

我左顧右盼，心跳得像打樁機，「你剛才問我甚麼時候還在公司，就是因為這個原因？你是特意要摸上來的？」

小新本來輕鬆的笑臉收斂，「現在已是放工後的時間，我以為沒關係——」

我小聲嚴肅地鬧：「當然有關係！這間是胡亂湊集的小公司嗎？還是你當這裏是遊樂場？你以為姨媽姑姐路過，都可以上來找我喝個下午茶？」

「這位是誰啊？」背後傳來嬌滴滴的女聲，是蜜桃，我一股作氣責罵，卻完全忘記了她存在。她挺着豐滿的胸脯，收腹抬頭看着小新微笑，我嗅到八卦的味道，這趟濁水我是水洗不清了。

我霍地看看身旁的小新。「他是……」

小新先伸出了手，我想按也按不住，「你好。」然後回過頭跟蜜桃一邊握手一邊嘻笑說：「我是葉謹的弟弟，你是我姐的同事吧！我對聲音特別敏感，所以我認得你甜美的聲音，你經常替我接電話。」

蜜桃給抬舉得很高興，她提起手臂從自己頭頂上比劃。「葉謹說你有六呎高……」

小新側臉朝我溫柔一笑，「哈哈，我姐只把話說了一半，我穿了高跟鞋時，的確有六呎啊！」

蜜桃引得大笑，瞧向我說：「你弟弟很可愛。」

「這位姐姐叫甚麼名字？」

「甚麼姐姐？叫我蜜桃。」

「蜜桃有男朋友吧？他有沒有六呎？」

「當然有，沒有六呎高的男人不能給我安全感。」

「改天我穿了高跟鞋來，你會和我約會嗎？或者你可以等一等我，我還有機會發育啊！」

「好呀。」蜜桃牢牢的盯着小新的臉。

我清一清喉嚨，不讓他鬧下去：「小新，我送你出去。」

蜜桃即時反應：「嗯，原來你弟弟叫小新啊！」她好像對小新甚有好感，轉向我提議：「不如帶小新去辦公室參觀一下？象腿小姐正在跟客戶開會，晚飯時間前都不會回來。」

我說得斬釘截鐵：「不必了，辦公室只是辦公的地方。」

我和小新乘升降機離開，大家都沒有說話，狹小的空間裏只有機器運作的聲音。

我簡直好像押犯人的獄警。

步出商廈大堂，小新回過身，我的眼睛竄往左下角，他從每天都穿着的 izzue 外套衣袋裏取出一條皮繩，對我說：「今早剛寄到的，本來打算今晚和你到澳門時送給你的。其實，待你回家才送也可以啦，是我太心急了。」

他捉起我的手，把皮繩套進我的手腕，上面有一小塊不規則形狀的金屬。

「我從 eBay 買回來的，半夜等投標結束的最後一刻才競投得到。」他垂着頭把皮繩稍稍拉緊，「這塊金屬是從紐約世貿中心遺址中找到的，我知道你喜歡不平凡的東西……你也不要再埋怨我不送禮物給你了。」

我久久講不出話來。他剛剛為何自認是我弟弟？他是猜到我希望隱瞞我們關係的自保行為吧。小新就是那種希望所有人都快樂的傻瓜，他總在沒有先問准我同意之前，就已貼服地滿足我的要求了。

以前如是，現在如是。這令我更加看不起自己。

「謝謝。它很漂亮，我很喜歡。下一次你想上來我公司看看，先給我一通電話，我會帶你周圍參觀一下。」

這並不完全是真心話，但裏面包含着我懺悔之意，就像對着一隻我要遺棄在路邊的小貓作出安慰。

小新點頭笑了笑，轉身把雙手插進褲袋，就朝地鐵站的方向離開了。

「不合口味？」

我抬頭，刀叉不小心碰到碟子，發出刺耳的聲響。我繃緊肩膊，連忙小心翼翼的再把它們安放。「不，這裏的鵝肝最好吃了。」

顏鍾書剪了頭髮，是在巴黎剪的嗎？短短的，適量的 soft gel 令每一條頭髮恰當的停留在它們凌亂有致的位置中，他剃過鬚，臉頰有種冰涼的清爽。暗紫色間條恤衫，棉質西裝，一看就知道是最密針的優質布料，因為柔軟，最考裁縫的工夫……不，你以為他會買現成的西裝？

「你戴了我送的手觸。」他説。

我看看手腕，「它很容易配襯我的衣服。」在這頓晚飯前，我一早已把小新套在我手腕的皮繩手圈，收進手袋裏。

「是嗎？我有點失望呢，我還以為你會特別挑選可以配襯它的衣服來穿。」

我盯着他，這個男人執意要看透我，而且更要我知道他看透了我。

「別把我看得太複雜啦，我只是個很普通的女人。」

「不要看不起自己，我會看不起你的。」

我一怔，他笑了，「你看你認真成這樣子。」

侍應生趨前伸手，我點點頭，他把碟子收起，我雙手穩妥的放在大腿上，膝蓋小腿併攏，高跟鞋平踏着腳下的地毯……一手一腳都毫無差誤地精準。那一份強烈的壓迫感，差點超過我所能承受。

我像個徹夜看顧着病榻中嬰兒的母親，生怕一個大動作會把他吵醒，無論如何疲憊不堪還是伴在旁邊，竭盡全力不讓自己睡去，睜着累眼使自己的呼吸和睡夢中的嬰兒的呼吸合而為一。

嗯，我竟然在乎顏鍾書對我的觀感，到了這種偏執的地步。

「在想甚麼？」他又問。

我嚇得驚醒過來，冒了一身冷汗。我搖搖頭。

他的目光停在我的頭髮，亂了嗎？我不敢伸手去摸。

「如果你對我來說只是個普通的女人，我會事隔多年後，仍回頭約會你嗎？我不是個會拘泥於過去的人。」

我明白。他是我遇過最有目標的人，彷彿生活就是為了征服一個又一個的目標。由讀書時的拿一級榮譽、到入研究院、到往外國進修、到考進大公司、到爬上重要職位。戀愛、結婚、生子，應該都是他的目標之一吧？這種男人不是那種不要家庭的玩樂派，一個男人應該有的，他一定也要全部做到。做到了，就往下一個目標邁進。

跟他一起的話，我也會隨着他的步伐或被他牽帶着的，把我的人生目標都會一一達成吧。會有點累，但很有收穫的人生。

我開口了：「現在的我，你真的有興趣去了解嗎？」

「沒有。」

他的答案叫我意外的不懂回話。他續說下去：「我有興趣知道你心裏想甚麼，但我沒有興趣知道你是個甚麼樣的人，你繼續做你讓我看到的你就夠了，或許還可以照着我的喜好來塑造以後的你，我也不介意。」

「你是一個很自大的人。」

「我們都想得到自己心目中的東西而已，對嗎？我清晰知道我想要甚麼樣的人。」

「你又知道我想得到是甚麼樣的人？」

「男人。」

我想噗嗤的笑，但我這時到底沒有笑出來，只是瞪大眼睛說：「你把我看得那麼濫？」

「你想要一個讓你覺得自己是個女人的男人。那樣的男人才算是一個男人吧。」

我避開他的眼光。銀色的甜品車推來，我選了草莓，侍應生把一顆顆完美的草莓和黑莓勺進白色的碗裏，加了忌廉和雪一樣的糖粉。顏鍾書替我們點了甜酒。

「上一次我提出的事情，你考慮好了嗎？做我的女朋友，怎樣？」

我的匙子停在半空，然後我流暢的把它滑進碗裏，笑問：「做你眾多的女朋友之一啊？」

「即使是那樣，有問題嗎？」

有甚麼問題嗎？如果我是自願的和他扯上關係。好像某齣電影裏，男人和女人坐在景色怡人的河畔餐廳，男人說：「你很美麗。做我的情婦好嗎？」那樣直接的問題，才使人不得不正視平日輕率摒棄的可能性。

——是的，有問題嗎？

這一刻，把自己送出去是很輕易的。我慶幸我家中有一個男朋友，我並不急着販賣啊。我不想浪費時間。如果只是玩玩，我玩得起；如果是要認真的，我又怕到頭來只是個遊戲。

小新正在做甚麼？這頓晚飯裏不好聽手機，我罕有地把手機關掉了，不知道小新有沒有打過電話給我？

「你有一些事情還沒有處理掉吧。」

他不是白癡，他當然猜到了。「那個不是重點。」我只有坦白。

「當然不是，如果是，你根本不會跟我吃這頓飯。」他把餐巾摺起，明理地說道：「是要下決定的時候了。每次困於過分冗長的會議，我就會這樣跟自己說。下一個決定，那個決定或錯誤或正確，但事情需要一個決定才可以進行下去，否則只會永遠在原地踏步。」

我望着他，點頭表示明白。原地踏步，這是我最貼切的寫照？

吃完飯，我們步出酒店，員工把顏鍾書的車駛到門外，交車匙給他。

「想到那裏？要不要去喝多一杯？」

「嗯，我想回家了。」

我看不出顏鍾書是否感到失望，他點點頭，「我送你，這次不能拒絕。」

之後，我們倆都默默無言，我的心情混雜着愉快和疑慮，像掉進一條河流中，憑我一己之力不能抗拒的被潮流沖前。他開着車駛上天橋，晚上維多利亞港的霓虹沿着車窗滑去，異常的美麗，我和他身處這個一空間中，時間就好像停頓了一樣。

「要到油站入油。」他說。

車子駛進油站，他按下車窗吩咐站員，然後想起甚麼，跟我說要到油站的便利店買點甚麼。他回來的時候，站員和他談了兩句，我聽不到他們談甚麼，但他們要把車頭蓋打開。

顏鍾書探頭進來，「你座位下有一個把手，幫我拉一拉它？」

我俯身摸索，找不到他說的機關。顏鍾書從駕駛座爬進來，要跨過我去拉把手，我被他逼至貼着車門，之間的距離縮至一個叫我不敢大力呼吸的程度，他也發現到了，抬眼看進我的眼睛，忽然微笑。我瞪着恐懼的眼睛，他把臉趨近，西裝的衣領就貼着我的胸口，他一定感覺到我的心臟響亮的跳動。

在那一瞬間，我不能動彈，顏鍾書乾軟的唇掃過我的唇上，然後他俯下身拉動機關，隨之退後，正好用一種認真的眼神望我一眼，才轉頭跟站員討論車子的問題。

是一個吻嗎？我被這一切震撼了。我仍然不能移動，或者我是不想移動，不想劃破剛才凝住了的空氣。

我蜷縮在家中的沙發。

電視播放着柯德莉夏萍的《Breakfast At Tiffany's》的藍光影碟。她是最漂亮的交際花，連睡覺時用來蒙着耳朵的耳塞都是水滴型的美麗飾物，抽着煙時是一隻慵懶純真的小貓。本來她不要面對現實，只要活在令她停不下來派對不停的世界裏，而她卻愛上了沒名沒錢的作家。

當年的電影海報裏，柯德莉夏萍戴着的是全世界最大顆的黃鑽，The Tiffany Diamond。足足287卡，現在展覽於Tiffany's的博物館。她在戲裏從沒有戴過它，但戲一開場她清晨駐足在Tiffany's的櫥窗外，穿着黑色的晚裝長裙、盤着一絲不拘的髻，咬麵包喝咖啡的一幕，是我不能忘懷的畫面。

我的手指停留在嘴唇上。凌晨五時了，小新的工作快完結。

把光碟機關掉，我披上一件外套，落樓乘的士到廣播道。湧進車廂中清晨的氣味跟剛才回家的車廂如此不一樣，我越急切的想見到小新。手腕上的 IF Bangle 我已脫了下來，手心裏握着的是掛着世貿中心碎片的皮繩。

車子停下，我一個人站在電台門外，把外套拉緊一點，目光鎖實大門。

我必須第一時間見到小新，是的，立刻地。我抓住自己，快抓不住了，請你快一點出來，讓我看見你的臉。看見了，就會沒事了。

我們去吃早餐，然後回家，今天我短週……

小新步出，我認得他的 izzue 外套，我想喊他，但我沒有叫出聲音，雙腳把我藏到牆後的角落。小新挽着一個短髮少女的手，還是短髮少女挽着他？我沒有再探頭看清楚。那個少女是甚麼樣子，因為光線不足，我也沒有看到。但穿着 izzue 外套的不是小新，是那少女。我看到兩個互視的笑容。我不需要再看下去了。

天氣還是有點冷，我冷笑了一下。

把一塊碎片當作鑽石，不符合我的專業。

我是白來了，其實我是知道的，我已經變了心，不必作無謂的掙扎，這樣做真的很無謂。

顏鍾書和我隨着散場的觀眾，步下文化中心的梯級。黑色的吊帶裙是新買的，特別為了今次約會而買。披在肩上的 Pashmina 滑了下來，我一手拿着小手袋、一手拿着場刊，顯得頗狼狽，顏鍾書適時的替我拿過場刊，我把披肩搭回肩上。

「喜歡這場表演嗎？」他問。

是國際知名的首席佛羅明哥舞者，來港演三場，門票第一天就賣光了，顏鍾書自有他的辦法，取得兩張位置一流的門票。

「很好，他的舞很熱情呢。」我客觀評論。

他又用那種眼光看我，「請說真話。」

我取回場刊，笑了。

「那條緊身褲下的屁股非常結實，我從他第一秒開始跳舞就心裏喊着『脱呀！脱呀！』但他只吝嗇的扭動身體，前奏太久了，到十五分鐘後終於把外套脱下時，我已經興趣索然，完全撩不起我的慾望了啊。」

顏鍾書笑，把我摟進他的懷裏。

我仰頭看着他的笑臉。

一切的一切，都是如此美滿，又充滿第一次的驚喜。

第一次陪他到停車場付泊車費，第一次一起到三文治店買外賣，第一次替他選擇領帶。

我們的第一個正式的接吻在屈臣氏。顏鍾書要買剃刀，我們午飯之後走到屈臣氏選購，我摸摸他的腮頰，驚呼：「你的鬍子長得好快呢，一天不刮就變成刺蝟一樣！」

他捉住我的手，用力的摩擦他的臉，我癢得掙扎求饒。步下一列陳列架，我俯身看着各式各樣的剃刀，問道：「你用慣甚麼牌子？這款有三層刀片呢！這個有『革命性貼面設計』……」

他抬起我的下巴，近距離審視我的臉，幸好這幾天沒有生暗瘡。「為甚麼你的臉連一條汗毛都沒有？」

我仰着頭說：「我在美容院脫的，阿婆那代的古法線面，用一條白線把臉上的每一根細毛連根拔起。」

「會很痛嗎？」

「每次都痛得流眼淚。女人是最狠毒的動物，她們找到一個目標，就會不惜一切。」

「邱靈她的汗毛可多得很，燈光下好像生了鬍子一樣，你應該介紹她光顧你的美容院。」顏鍾書笑說。

「不准在我面前說另一個女人。尤其，不准在距離我的臉只有十公分時說。」

他忽然趨前吻我。我閉上眼睛，投入的回應。這是戀愛還是偷情？我只知道嘗到了完全遺忘差點以為從沒經歷過的激動。一直都認為大街大巷接吻是不要臉的外國人行為，特別當我在太古廣場看到一個外國男人和一個中國女人公然接吻，我會非常卑視那個媚外的蕩婦。但這天我嘗到了公然接吻的樂趣，就是要所有人都看見，而自己渾然不在乎，享受着示威般展示自己擁有這個男人的特權。

顏鍾書的接吻技巧是一流的。

顏鍾書喜歡的東西跟小新的完全不一樣。他打高爾夫，愛聽歌劇，看《南華早報》、《FHM》、《Tatler》。他也懂香港的明星，但並不熱衷。他從來不到旺角。不乘巴士。和他一起，是一項又一項高級的節目，吃飯的地方是最貴的，看電影的話 IFC 裏的戲院一張票幾百元他面不改容。買書在 Kelly & Walsh、誠品，二樓書屋有八折但他從不在意。

是小時候父親生意上道時我的那種生活。忽然像回到過去般，我開始時甚至有點不習慣。

他在公司裏也不隱瞞我們的新關係，那天總經理在走廊碰上我們正要一起離開，笑問：「你們在拍拖啊？」

我尷尬的想搖手，顏鍾書率先大方地說：「是的。」

我的心裏驀地一陣詫異和感動。他可以否認的，我們才剛開始，他沒有必要如此公開，把對他有意思的女同事都打退。但他這樣輕鬆的承認了，公私不分明，也就分明代表對我充滿信心，令我好慚愧。

他駕車送我回家，但沒有嘗試跟我進入我的家。

他仍是在耐心等待我的許可。

我應該很快樂。我應該義無反顧和他在一起。我應該很快樂，但我並不。

那一個夜晚以後，我身邊是顏鍾書，但我滿腦子都是小新。

跟顏鍾書一起多一分鐘，小新就侵佔我的心多一毫米。

他在哪裏？跟誰一起？是跟那少女一起嗎？他們在做甚麼？我想得快要崩潰了。

然後下一秒，我逼令自己抽離，開懷大笑的跟顏鍾書品嘗紅酒，把小新拋到腦後，告訴自己：既然他都和別人一起，我也背着他談戀愛又有甚麼關係。我眼前的男人待我一等一的好。

然後再下一秒，喝光了酒杯中的酒，顏鍾書再斟給我時的一秒空檔，我忍不住查看手機，發現沒有任何來電記錄和信息，小新的身影又乘機偷佔進來，使我的情緒陷入另一個低點。

我在天堂和地獄之間徘徊。我知道我應該留在天堂，但卻不能自已的返回地獄去。我驚醒，小新竟然對我這樣重要。

在公司辦公室裏，趁着蜜桃去了茶水間，我打小新的手機號碼，「你在哪裏啊？」

「在家囉。」

「一個人嗎？」我故作輕鬆的試探。

「當然了！」

「在做甚麼？」

「在工作啊。編排今晚的節目，還有一個廣播劇的稿要校對。」

我找不到下一個問題，只有說：「那麼你努力啊。」然後輕輕掛了線。

半分鐘之後，我打電話到家裏的家居電話號碼，小新立刻接聽了，他真的在家。

「嗯，我想問，你今晚甚麼時候出門？」

小新想了一下。他今晚約了人嗎？他會跟誰吃晚飯？他現在真的一個人嗎？他說：

「八時吧。」

「那晚飯會吃甚麼？冰箱裏沒有甚麼食物呢。」

「我煮個麵吃不就可以囉。」

「啊……可以幫平板電腦充電嗎？它的電池總好像很快耗光。」

「好。還有甚麼嗎？」

我不滿地詢問：「你不想跟我多談一會嗎？你不想聽到我聲音啊？」

「不是。」他嘆一口氣。他覺得我煩？「我告訴你了，我在工作。」

「好。那我不阻你了。就這樣。」我突然用實事求是的語氣掛線。

我這叫做犯賤。犯賤！我心裏暗罵自己。幹嗎要像個少女般打一通又一通無聊的電話，說着無聊的話？如果沒有要交代的事情，就彷彿沒有打電話的理由。我說不出，我無法順利的表達我的心思，愈是想對小新說，我愈是說不出口。我們的對話唯有變成一堆交代沒有情感的日常事務，唯有用這些瑣事，才勉強能夠充實我和他共同擁有的生活。但我，我該如何才能夠表達我心裏的不安？我不懂，如何才能向他傳達到我希望得到他回應的渴望？

案前的電話響起，我飛快的接聽。

顏鍾書撥直線給我，約我放工之後跟他的朋友到蘭桂坊。

我應該向前看。我愉快的答應顏鍾書。我應該向前看，我跟自己說。

一個星期後，我做了一件我不相信我會做出的事情，我跟蹤小新。

向公司請了一天病假，我一早照常的穿着整套西裝長褲出門，離開之前推一推正在熟睡的小新，「我上班去了。」

他模糊地答應。

我乘搭升降機到達地面，和管理員說早晨，步出大廈然後轉進大廈相連的小公園，從袋子裏拿出球鞋換上。

跟着，我坐在小公園，一直盯着大廈的大門。

我是瘋掉了吧？小新可能一整天都不會出門，而我就這樣浪費了一天像個阿伯般在公園裏虛度時光。但是萬一，萬一小新出外的話，我也只有這個方法才可以得知他的行蹤。

時間一小步一小步的爬行，早上十一時，我的肚子在響，我忽然自嘲一笑。這樣的行為也太不像我了吧，我是一個讀過書見過世面的女人，竟然在做着與怨婦一樣神經質地監視老公有否出軌的行為。

我從袋子中再拿出高跟鞋。換過它們，回公司吧。告訴他們我休息了一個早上好得多了，還是想工作，象腿小姐可能會對我另眼相看呢。眼前卻掠過一個似曾相識的身影……

是那個少女？

大白天之下，我才清楚的看到她的臉。鼻子不高，嘴巴小嘴唇略厚，化妝很淡，是日本少女式的粉紅色系，表情有點冷漠。那頭剪得破碎的頭髮，令我認出了她。穿着過大的衛衣，短裙，香口膠粉紅色的絲襪，踩着 Converse 布鞋。身高不到五呎三。

我奇異地肯定那就是她……但她來我家幹嗎？

她純熟的按密碼開啟大閘，沒有左顧右看，像走着每天都經過的道路般進入了樓宇。

忽然之間，我慌亂得手足無措。不知道該衝回家中捉姦在床，還是守株待兔等他們出現？拿出手機，按下客廳電視旁的家居電話的八個號碼，卻無法按下「撥出」的按鈕。小新接聽的話，我不懂該用甚麼樣的語氣跟他說話。況且，我還可以說甚麼呢？又期望得到甚麼答案？要是電話又另一個人接聽，我該立刻掛線，還是若無其事的請她叫小新聽電話？

光是想着這一系列的可能性，就已令我陷進精神錯亂的邊緣。

電動鐵閘「啪」一聲的打開，我躲進暗角，看到小新和粉紅少女步出。我像看着一齣恐怖片，殺人狂魔拿着鐵絲潛進手無寸鐵女主角的家，一步一步走近熟睡中的她，觀眾知道當狂徒把鐵絲勒住女主角喉嚨的一刻電影將有一下嚇得你心臟跳出來的聲效，他們盡量使自己做好心理準備，卻不能把眼睛移開，只能把恐怖情節往下看，卻甚麼都無法做。

他們並肩走向小巴站。我似一隻幽靈般，以一個安全的距離跟在他們身後。默默看着小新和少女的身影，我苦澀地笑起來。

粉紅少女像一隻快樂的小狗般不斷撲上小新，小新有些僵硬的筆直挺着腰，面上卻流露出受落且愉快的表情。

我和小新逛街，也可以投入的做出小狗的動作嗎？我幻想着⋯⋯還是不可能吧。我可以不理會途人覺得我這女人好低能的眼光，但我不能視而不見小新認為我演得很勉強的表情。

他彷佛會忍不住開口提醒我：你不是十六歲了，像隻小狗般跳來跳去很嘔心。

又或者，小新從來沒有這樣想，覺得我嘔心的是我自己。所以，愈把粉紅少女看進眼裏，我愈是沒法做出相同的舉動。

親暱的舉動，可以不由衷的強迫自己做，就像個侍奉着老闆的交際花，手要放在那裏，頭以甚麼角度傾斜，用心假裝就可以裝得似模似樣；但親暱的表情，要發自內心。就像人造鑽石，在實驗室裏以精密儀器照着鑽石的化學成份，將碳元素重組壓縮，造成跟鑽石一模一樣的切割和光芒。有些女人買不起真鑽就會買人造鑽來濫竽充數，滿足一下自己的虛榮心。然而，真正鑽石獨有的魔力是複製不來的。當你擁有過一顆真的鑽石，即使只有一粒米那樣小的鑽石，那感動是人造鑽石複製不來的。

所以，我肯定我的感覺沒有錯。他們已經是戀人了，因為，他們一舉一動所給我帶來的那一陣絕望的心情，也同樣是假扮不來的。

他們乘坐小巴，我不能跟上去，便跳上一輛的士，跟司機說：「跟着前面的車。」

司機失笑，「大姐，你以為在拍電影嗎？」

我冷冷遞上一張五百元紙幣，「這是你的臨時演員費。」

司機收聲，的士尾隨着小巴在通往市區的山路飛馳，我引頸張望着小巴，深怕會失去他們的蹤影。我的心在狂跳，根本沒有想過下一分鐘我該做甚麼，我一心想盯着他們，要把他們的每一個親密舉動都看進眼裏，就像小新拿着一把生果刀而我一連十次的撲上去，把我的心臟刺進刀鋒內十次，直至血肉模糊虛脱昏去！

他們在彩虹地鐵站前的小巴總站下車，我也跳出的士，亦步亦趨。途人以為我是個瘋婦吧，穿着漂亮的名牌衣服，卻踏着有點殘舊的球鞋，頭髮散亂滿頭大汗的在大街上穿插疾走。

小新忽然拉住粉紅少女，她睜着詢問的眼睛，小新指一指街邊的小販，從牛仔褲裏拿出硬幣，買了一串魚蛋。他咬下一粒，少女興奮的説甚麼，捉住小新的手，穩定着串着魚蛋的竹籤，也咬下了一顆。

我站在行人道中心，觀看着這一幕。

小新也這樣向我提出過。我們逛街時，他拉住我説：「魚蛋啊！」我翻一翻白眼，「你不是要我這樣一身裝束，在街邊吃小販食物吧！」「有甚麼關係？」我丟下他在後面，「你要吃就自己買個夠。」

這一刻，一切變得那樣清晰。他快樂就好。這種快樂，我再也不能提供給他了。他自然要到別處找尋。我們也有過一起在街邊吃魚蛋的日子，但那已經是十年前的舊事了。

少女再討了一顆魚蛋，滿足地嚼着……就像，得到了整個世界。

我轉身，揚手截停一部的士，坐進後座。

我已經看夠了，再看下去沒有益處。我是一個成年人，我跟自己說，成年人不應該做對自己沒益處的事。

顏鍾書帶我到銅鑼灣百德新街的一座商廈，這裏近月變成了酒吧的新據點，每層一間，每間才不過一千呎，做的是小圈子生意。二十二樓是律師的聚腳點、十九樓多會計師、十七樓碰口碰面都是醫生……

七十一也有啤酒賣，但他們都需要去到屬於他們的酒吧裏才能暢飲，他們要「喝」的是一種歸屬感。就好像麥當勞也有咖啡，但唯有手執一個 Starbuck's 的紙杯，我才有正在過着我的生活的感覺。沒有了虛擬的圈子，就會完全的迷失方向。

每次跟顏鍾書約會外出，我都覺得我像回到了魚缸裏的淡水魚，非常享受活在小圈子裏的安全感。

推門進內，漆黑一片人聲卻嘈雜得似乎容納了半百人，顏鍾書向一角揚手，一班衣着保守講究的男女立刻起哄。顏鍾書一手環繞着我的腰，向他朋友的方向推進，我微笑聽他替我一一介紹。

「Kevin，德信集團的法律顧問。」

「Winnie，她是一個女性網站的主腦。」

「Brian，我們在美國工作時是死黨。」

Brian托一托金絲眼鏡，「現在不是了啊？」

「你搶了Winnie，還敢說是我死黨？」顏鍾書笑說。

「我不搶掉Winnie，你可以找到面前這美女嗎？」

我笑，所有女人都叫美女，所有男人都要叫型男，喝三小時的酒說着不着邊際的話題，這就是和男朋友交際的技巧。我雖然訓練不多，但我知道我一定很稱職。

把一顆鑽石放在一堆泥沙中，它非常突出，卻格格不入。和顏鍾書的朋友一起，我像回到了首飾店，我不是最耀目的一個，但我卻是一分子。這也是我拒絕參加小新的朋友聚會的原因吧。

小新的朋友可謂形形色色，有的士司機、有新移民、拿着手機去香港各地區行街直播紀錄民生的Youtuber、補習老師、卡拉OK陪唱、街頭賣藝者，他喜歡和這些他形容為「有生活感覺」的人來往，我每次與他們吃飯都不懂如何融入。

我和Winnie交換名片，她說我的高跟鞋她前陣子在連卡佛見過，但沒有她的尺寸，我們立刻愉快的交流究竟連卡佛還是西武的高跟鞋比較漂亮。我知道我跟顏鍾書的朋友都會合得來。他們未必全部喜歡我，但至少不會排斥我，你只會被比不上你的人排擠，在這裏我和他們是屬於一夥的。

「Steven呢？」顏鍾書問。

「他去洗手間了。」

「又去洗手間！他腎虧嗎？難怪女朋友都沒一個。」顏鍾書扯道。

「呀，他出來了！」

我轉頭，看到Steven，整個人震住了。

「Steven，我來介紹。」顏鍾書熟絡地搭着他的肩膊，笑：「我女朋友，葉謹。Steven做醫生的，不過不是泌尿科，難怪腎臟功能不佳。」

Steven盯着我半晌，主動伸出手來。我用冰冷的手和他一握。他還是一貫的缺乏笑容，這個蔣冰鎮。

「Steven 以前做過電台節目呢！我女朋友讀書時最喜歡在圖書館邊讀書邊聽收音機。謹，有沒有聽過蔣冰鎮這個人？」

我魂不附體地回答：「好像有點印象。」

「他考上了醫學院就沒有再做電台了。幸好這樣，否則，我現在頭暈身熱，到哪裏找個只肯收我友情價的好醫生？」

我朝顏鍾書僵硬一笑，侍應捧來了 Gin Tonic，我拿着玻璃杯，幾乎陷進沙發裏。香港地方太小，圈子更小，每個人都認識對方。我卻沒料到會在這裏碰上小新的最好朋友蔣冰鎮。那個討厭我、我又討厭的人。

顏鍾書的手沒有離開過我的肩膊，我被縛在這籠子裏，蔣冰鎮簡直就像參觀動物園的盯着籠中的我。他眼裏盡是不屑蔑視，無論他如何掩飾，還是藏不住他冰冷的眼神。他一定在想：這個賤婦，我一早就知道她不會是個安守本份的女人！

隨你怎樣想吧！我不在意你對我的評價，橫豎你一向討厭我，現在終於找到説服小新跟我分手的理由吧。你有所不知的是，小新比我更先一步背叛那段感情了……不，不對，我偷望他，或許蔣冰鎮早知小新和少女的事，他們是無所不談的朋友。

蔣冰鎮跟小新一起考進電台，一起受訓然後各自參與過不同的節目。後來他放棄了電台這沒甚麼前途的興趣，跑了去讀醫，小新卻窩在那個小小的、有一股奇怪味道的廣播室到現在。

蔣冰鎮的電話響起，他步出酒吧外的升降機大堂接聽，我回頭望着他的背影，他正眉頭深鎖的一直在說話……酒吧裏太吵了，我當然聽不到他在說甚麼，會是小新來電嗎？冰鎮正在催促小新來酒吧看看一樣「很有趣」的事情嗎？

我喝掉半杯 Gin Tonic，玻璃杯外凝結的水點把我的手凍得僵硬。顏鍾書問我要不要唱歌，我搖頭。

「你今晚很少說話，是不舒服嗎？」他用手背探我的額。

我撥開他的手，忽然又驚覺舉動太粗魯，小聲的說：「我沒事。只是有點累。」

「真的嗎？」顏鍾書向步回來的蔣冰鎮說：「Steven，替我看看葉謹是不是病了？她面色不好。」

「我真的沒事。」我別過頭。酒吧這樣黑，怎看到一個人面色好不好？我按捺着內心的煩亂，叫了另一杯威士忌加綠茶。我在怕甚麼呢？我怕講多錯多，縱使我甚麼都不說，形勢也不會有任何逆轉，但我甚麼話都不想說，只想隱沒在人聲和音樂聲之中，變成別人口中吐出的煙，在空氣中散開。

他們的話題不知如何轉到了旅行地點，有人說復活節打算到紐約。

「你不怕恐怖分子劫機？」

「要遇上那避得過？要倒霉的話，乘飛機到馬爾代夫都可以遇上劫機客。」

「我公司的紐約分部就在世貿……不，當然不是倒塌了的世貿雙塔，是新的世貿一號樓。唉，提起九一一，那時候死了幾個我很敬重的前輩呢。」

「有沒有到過遺址看看？」

「有甚麼好看？觸景傷情啊！」

「講起世貿雙塔，你們知道嗎？有人在 eBay 拍賣塌樓的碎片，炒賣價非常驚人！」

我一震，想起小新送我的手繩。垂下頭不想參與這個討論，卻不期然的瞄向蔣冰鎮，他剛巧正望着我，我只有冷冷的扮作沒有看見轉過臉。

站起身去洗手間，我用冷水輕拍着臉，盯着鏡裏的自己。頭有點暈眩，是酒精的作用，平日我的酒量很好，唯有在心情惡劣的時候，就很容易醉。我深呼吸一口氣，叫自己不要再沉溺在這負面的情緒中，我很清楚地了解到，離開這酒吧後將要面對不能收拾的局面，蔣冰鎮的告密、小新的質問、我的爭辯……然而我就是在腦海中把我的自辯彩排一百次，也是於事無補的吧。

我步出洗手間，與又在談電話的蔣冰鎮打了個照面。他剛剛收線，我沒有辦法繞過他逃回酒吧內，兩人有一秒的默然對視，我決定先發制人。

「你喜歡跟小新怎樣說，我也不會在意。」

他透過眼鏡看我，像看着一個絕症病人的漠然，「你認為我會跟他說甚麼？」

「中正你下懷吧？你一向都討厭我，覺得小新不應該和我一起。」

「我討厭你？」

我最恨這些重複我說話的反問了，這種不發表自己立場引導別人繼續說話的方式。我曾經覺得我應該因為他是小新的好友而嘗試喜歡他，但實在沒辦法做到。蔣冰鎮就是一塊冰，冷得如果你嘗試觸碰他的話，手心會被凍傷。那並不是他做醫生培養出來的鎮靜抽離，他也許由出世到現在都是這樣的冰凍，如果我是他母親的話，我不會想抱起他。我不能夠想像做他女朋友的話，怎樣能強迫自己跟一塊冰塊親熱。他目中無人、高人一等的姿態，叫任何女人也不敢在他面前脱掉衣服吧。他只會用那種看着一具人類肢體的眼光來審視你的身體！

「你知道嗎？我不在乎你討不討厭我。也不在乎你怎樣看我。」我忿忿地說：「我做一個好女人做太久了，我發現原來好女人到頭來是最不受寵愛的一個。所以我不會再對任何人忠心，我只管對自己負責。你要跟小新説今晚的事情，悉聽尊便，我不會要求你替我隱瞞甚麼，我不想有覺得欠了任何人的感覺，那感覺非常差。」

他沉吟半晌，「我沒有打算告訴他。你想他知道的時候，你才自己去讓他知道吧。」

「我不會感謝你。」

他又皺眉，「你不需要因為見到我而覺得害怕。」

我冷哼，「我為甚麼會害怕？不要裝着一副甚麼都知道的模樣。有很多事情你都一無所知，如果你知道了，你就不會認為現在我做的有任何不對了。」他說中了我，此刻我真的害怕，連步出這酒吧之後會發生甚麼事也不敢想。

顏鍾書推門出來，「你們在談甚麼？」

「沒甚麼！」我退後一步，「裏面的煙味太重，我出來透透氣罷了。」

「我的女朋友不錯吧？」顏鍾書搭着我的肩：「小心這人，他平日惜字如金，其實是個多情種……」

「是嗎？」我戒備的盯着，提防他要跟顏鍾書說甚麼。

蔣冰鎮掀掀嘴角，「我明早要回診所，先走了，你替我跟 Brian 他們說一聲。」

顏鍾書有點失望，「你總是不合群啊，本來說好了要玩夜一點的。」

我不置評語，蔣冰鎮看多我一眼，我避開他的目光，只覺得今晚遇見他真的很倒霉。

和顏鍾書他們玩至深夜，蔣冰鎮離開後，我一直心緒不寧，強迫自己投入他們的話題。我們談新出的手機、談跑車、談社交圈的八卦，顏鍾書非常高興，喝了不少。

離開的時候，他腳步浮浮。我擔心的問他，「可以駕車嗎？」

「沒問題的。」他說。

我阻止他，「不如請的士司機代駕吧，車子明早再取。」

他堅持到停車場取車，他迷糊的搜着西裝袋找車匙，我們坐進車子裏，他要開動時，我按住他的手，「這樣太危險了，遇上警察路障就很麻煩。」

他放下手，但沒有拔掉車匙，搖搖頭。

「不如坐在這裏歇一會吧。」我說，一邊伸手撥開他額前的頭髮，他捉住我的手，眼睛半開半睜的看着我笑。

「糟糕，我愈來愈喜歡你了。」

「為甚麼？因為我不准你駕車？」

「因為你願意適應我啊。你就這樣輕易的走進我的圈子裏，和你一起我覺得好像穿着最舒服的睡衣。」

「這是我聽過最動聽的稱讚。」

「我是說真的，我們適合對方，我喜歡你發表見解時的肯定，喜歡你時而的迷惘神情……」

「夠啦。太動聽的說話說多了就失去它的魔法。」每次碰上太深情的對白，我總會不期然想躲避。

「你不會再找到比我更適合你的男人，我肯定。不要再去找了，我就是你的選擇。」

也許他說得對，放棄小新吧，那個叫我配合得那樣吃力的男人。我和他不過是共同虛耗了對方十年的偶然，眼前這個才是我一直不敢承認渴望擁有的鑽石。

奇異地，我沒有一點興奮，卻感到一陣莫名的悲哀。

「你醉了，我們去截的士。」

「不，我完全清醒了，我送你回家。」他開動車子。

在我不知如何處理好我的愛情煩惱之前，家裏發生了一件大事。

父親心臟病入院，做了搭橋手術，撿回一條命。

我是半夜接到消息的，趕到醫院見到母親在哭，我甚麼話都說不出來，沉默地坐在她身旁。我想我是不是該抱着她的肩，但我竟然做不出，只能叫阿慎買點飲料回來。母親不讓阿慎離開，我板着臉說：「我們乾坐在這裏也是於事無補。」

母親罵我狠心，「萬一阿慎走開時，你爸卻撐不住去了，他就連最後一面都見不到了！」

我站起身，「那麼，我去！」

我步下醫院的走廊，買了三罐檸檬茶，靠着自動販賣機，忽然雙腳無力的蹲下去。

上星期他透過母親向我提議一起上茶樓聚聚，我因為買了票要看電影而推掉了。

我可能失去最後一次見他的機會。

我和父親並不親密，對我來說他只是一個普通男人，固執、愛說不好笑的笑話、穿西裝有穩重的感覺、外型保持得不錯但不是我喜歡的類型，生意中落之後，雖然經常說着躊躇滿志的大計，但總給人他的黃金時期已過的無奈感。

我從來沒有崇拜他，我和阿慎都比他聰明得多。

可是，他要是這樣就走了，我驚覺我可能再沒有時間去發掘和了解這個和我有着血緣關係的男人。

拿出手機，我知道小新此時應該在電台做節目，但我還是打了給他，留了口訊告訴他我爸出事了，我正在醫院中，請他回覆。

我覺得有義務告訴他這件事情。

在這種時間，小新是我唯一安心地表現軟弱的人。我不想任何人看到我頹喪無助的樣子。

這是愛情嗎？我問自己。說這是愛情，我更覺得那似親情。小新像我的家人，比阿慎更像我親密的弟弟。

早上七時，小新趕到醫院。父親的手術成功，我和阿慎都先回家，剩下母親堅持留守醫院。我和小新乘的士回家時，我在車裏哭了，小新擁着我，我說：「我根本談不上喜歡他，我一向都討厭他的不濟，但剛才我好害怕他會死掉。」

「他是你父親啊。」

「他是我最不欣賞的男人，卻是我最重要的男人。」

「這句話還是不要告訴他，免得他又心臟病發。」

我抬起頭，哭着笑了。小新溫柔地抹掉我的眼淚。

顏鍾書知道了我爸的事，提出要到醫院探望他。我說他已回家休養，顏鍾書怪我事情發生時為何沒有立刻告訴他。

「我怕麻煩你，這種事我可以處理。」

他按着我的肩膊，「你把我當外人嗎？」

我搖頭。他說：「以後發生甚麼事也要跟我說。不要怕麻煩我，我不想你不麻煩我。」

他下午叫秘書邱靈買了一些補品，請我交給父親。「遲些我和你一起去探望世伯。」我只有點頭，他希望把我們的關係帶進另一個層面吧。從兩個人的相處，到認識對方的朋友，再融入各自的家庭。主動提出見我的親人，那幾乎是一個愛情的承諾。

我卻想逃開去。

是父親的一事，把我和小新又拉近了。我不禁回想起，這十年來如果沒有他，我會是怎麼樣過的。如果那天他沒有來醫院，我會如何面對。我們的感情，深厚得旁人沒有辦法了解。我之所以是今天的我，或多或少都是由小新塑造而成，而他也一樣。我不能想像怎樣可以在另一個人面前展示完完全全的我，怎樣可以讓那個人熟悉我到達小新的程度。

第一段真正的戀愛裏，你總會毫不保留的把自己袒露在那個人前，往後的，不管是因為學乖了還是自我保護，你都不會談那種投入得接近自殘墮落的戀愛了。

這陣子，好像回到過去，我每天都在公司裏寫電郵給小新，把當天發生的事情或感覺寫下傳給他。然後，像傻子一樣一小時檢查電郵信箱三五次，期望收到他的回覆。

是的，用一枝筆一張紙寫信未免太隆重了，寫 WhatsApp 或 Line 又很難長篇大論，還是寫郵件比較好。

晚上我聽他的節目，為他選播的歌曲而感動，早上等他回來才出門上班。

我甚至在想，我要把他從粉紅少女手上搶回來。

跟顏鍾書還是固定的約會，但如果小新找我吃飯，我會找藉口推掉顏鍾書的邀約。

在這場於我內心展開的拔河戰，我正被愈拉愈近小新的一方。

難得可以早放工的一天，我趕到西貢街市買菜，煮了一頓飯給小新吃。

「好吃嗎？」我問。

他吃着蒜蓉豆苗，點頭。

「不會太鹹吧？」我試過味，知道味道剛好，還是要問他。

「不會。很好吃。」

我愉快的笑。「你說我的菜好吃，是最叫我快樂的事！其他人煮的有沒有我的好吃？」

「那來其他人煮飯給我吃啊？」

「我怎知道，你那麼多仰慕你的女聽眾。」

「會半夜不睡聽我節目的怨婦，日間都沒有精神做菜吧。」他笑。

「真的？她們煮你也不要亂吃，小心下了迷藥。」

再晚一點，小新要回電台。我替他找了一件配襯的外套，他拿起鑰匙開門要離家時，我從後抱着他。

「讓我抱一會。」

他站着不動讓我擁抱，我把臉埋進他瘦削的背上。

過了一會，他說：「我要走了。碗筷留待我明早回來洗。」

「不，讓我抱多一會兒。三十秒。」我討價還價。

「我要遲到了。」

「節目二時才開始。」

「還有其他的工作嘛。」

我只有放開他，「把今晚的第一首歌點給我。」

他摸摸我的頭，「早點睡。」

我沒有睡，準時凌晨兩點扭開收音機，小新選了莫文蔚的舊歌《鑽石》開始他的節目。

我抱着枕頭傾聽。

「給你一個說謊的機會，告訴我愛情有多美……我是真的以為，愛情應該絕對……只要一個吻，有鑽石般的美，一顆心永遠打不碎……擁有你，那一刻誰都不理會……」

夠了嗎？只要他每晚點播一曲給我，我就覺得足夠了嗎？

顏鍾書自然感覺到我近日的冷漠。但他甚麼都沒有問，我說沒空，他就不詢問下去，繼續專心他做不完的工作開不完的會。

Ipres 圓方新店開張派對，我由早到晚忙個不停，來賓下午開始到達，記者們忙於跟明星名人做訪問拍照，象腿小姐代表公司推介新店的概念，我就周旋於嘉賓中寒暄，一會又跟進食物飲品和宣傳冊是否充裕。顏鍾書和高層抵達時，我只可以離遠向他打了個招呼，就被同事求救到店後的辦公室。

她驚恐萬分地慘叫：「這一批紀念品，全部漏了胸針！」

我瞪大眼，搶過她手上設計精美的紙盒打開看，果然找不到送給來賓的胸針，我吼道：「是誰負責包裝紀念品的？」

同事不敢作聲，我揮揮手，「那麼，整箱胸針在那裏？」

「我昨天好像見過放在那邊……」她指向辦公室推滿宣傳品的角落。

我連忙尋找，把手機塞給同事拿住，踩上樓梯要打開懸櫃，也顧不了自己正穿着短裙。我轉頭向目瞪口呆、驚魂未定的同事說：「出去告訴象腿小姐發生了狀況，但千萬別驚動高層和嘉賓！」

她跑了出去，我連叫她不要跑也來不及，唯有趕忙把櫃裏的一個個紙箱搬下來打開查看。

弄得滿頭大汗，我終於在辦公室的角落找到了所有胸針，便把握時間把它們一個一個的放進紀念品的包裝紙盒。背後傳來腳步聲，我沒有回頭的說：「我找到了，快叫多些人來幫忙包裝！」

「需要我幫忙嗎？」

顏鍾書站在我身後，把我的手機遞給我。「象腿小姐做訪問走不開，你的同事在找其他救兵。」

「對不起。我們會立刻把這些弄好，記者和來賓都不會發現。」這一刻顏鍾書是我的上司，我連忙清楚交代。

他脫下西裝外套，拿起胸針和包裝紙盒幫忙起來。

「你不必做這個……」

「不要說這些了，快幹活。」

我和他不作聲地並肩工作，我一急之下，指頭被紙張削破，也不哼一聲的繼續。

完成一箱，我捧起紙箱要拿出舖面時，顏鍾書像是忽然想起甚麼似的說：「對啊，剛才你的同事替你接了個電話，有位先生提醒你今晚九時在皇后餐廳見。」

我一頓，是小新，今晚我約了他，他說訂了位再告訴我地點。「唔。謝謝你告訴我。」

步出辦公室前，我回頭再看了顏鍾書一眼，他背着我繼續包裝工作，我張開口卻不知道要向他說甚麼才好，只有離開。

派對圓滿的結束，我找了數個同事到辦公室接替顏鍾書，他再出現在店外便忙於跟高層交談，到活動結束時我找不到他的蹤影，他應該先走了。

我想過打電話給他，但我怕他問起我今晚的約會。

九時我到達皇后餐廳，跟侍應要了一杯開水，等待小新時，一邊鬆開散亂了的馬尾重新束起。

一個身影坐到我面前，我抬頭，卻看見顏鍾書。

我慌忙地反射性的張望四周，顏鍾書說：「他不會來的。」

我凝視着他，他的臉很疲倦。

「我騙了你。他約你在王子餐廳。如果你想去找他，還來得及。」

「為甚麼要這樣做？我只是約了朋友吃飯。」

「他不是朋友。」顏鍾書斬釘截鐵的說。

「你怎可以一口咬定？電話又不是你接的。」

「直覺。男人也有直覺。而且可以很強烈，只是我們平時都不會說出來。」

他妒忌，我應該快樂，男人會妒忌代表他真的愛你。但此刻我只覺得害怕，我忽然發覺我不知道顏鍾書喜歡我的程度，也許那是一個我還沒有心理準備去承受的程度。

侍應遞上餐牌，他沒接過。「你可以隨時離開的，我不會阻止你。」

我猶豫一會，侍應在看着我們倆，我接過餐牌好讓他走開，然後把餐牌放在桌上。

「你來是為了跟我說這些？」

「我是個喜歡清晰分明的人，如果投資下去回報不明，我會選擇在可以全身而退時離場。我不會拖泥帶水，等待別人擺佈。」

「事情根本不是你想像的那樣……」我說謊。

「如果不是，那你留下來吧。」

「我要打一通電話給他。」

「如果他不是重要的人，讓他乾等一晚又有甚麼所謂？」

「你很霸道！」

「我沒有阻止你離開。」

「我離開的話，我們就是完了？」

顏鍾書不回答。

我垂下眼瞪着自己的鞋頭，應該站起來離開的，我討厭他卑鄙的手段，今天是設計阻止我赴約，下一次又會是甚麼？這根本不像我以為認識的顏鍾書。但另一方面，我被他的嫉妒震撼了，並不希望我和他在這情況下決裂。

「不要走。」

我詫異，剛才是他說話嗎？我抬眼看着他，他嘆口氣，「我說謊，你不要走。」

我整個人像癱瘓了的坐着，望着他良久，說：「我要打個電話。」

他終於讓步，別過頭。我撥了小新的手機，向精神亢奮地追問着我何時抵達的他說：「是我。忽然要超時工作……對，就是為了那個新店開張派對……對不起，我再打電話給你。」

我掛了電話，跟顏鍾書面面相覷。現在該如何呢？我打開餐牌，沉穩的問他：「吃二人套餐好不好？」

整頓晚飯在一種詭異的氣氛下吃完，他駕車送我回家，到達的時候我想跟他說甚麼，顏鍾書卻忽然用很冷漠的語氣說：「公司見。」

「公司見。」我唯有關上車門。

他沒有回頭再看我一眼的驅車離開了。

母親要出席婦女會活動，要求我陪父親到醫院複診。

等待醫生的時候，他一直埋怨輪候時間太長，我忍耐着，換着以前我一定嘲諷他有錢就去尊貴的養和醫院。但是他老了，一個手術令他的外貌身體都變回一個快六十歲的男人，一個除了跟子女發發嘮叨就沒有人聽他發號施令的老伯，我把刻薄的話吞回肚子裏。

不能相信，才十年前，我們隔着家裏的鐵閘針鋒相對，他中氣十足怒氣騰騰的，而我年輕驕傲、死也不肯退讓半步。

他進了應診室，我坐在外面等，看到蔣冰鎮經過。

我沒有打算跟他打招呼，但他先發現我，雙手插着白色的醫生袍走過來。

「你病了？」

「陪我爸複診。」

「他甚麼事。」

我一頓，蔣冰鎮說：「對不起，我多事了。」

他會走開吧，他只是禮貌上跟我說話，而我則仍然為了上次在酒吧的事而感到尷尬。可是他說：「要不要到食堂喝咖啡？」

我想拒絕，我覺得我們沒有甚麼好談的，但我想從他身上知道小新的事，所以我站了起身。「在哪裏？」

「這邊。」他邁步，走在我前面，雙手仍然插袋。

來到食堂，蔣冰鎮問我喝甚麼，我拿出錢包說我自己買可以了，他阻止我，「讓我來。」他的句子總是那麼簡短。

他替我們買了票，到水吧領取飲料，水吧的員工熱情地叫他蔣醫生，他笑着跟他們寒暄。我觀察着他從容的表情，覺得跟剛才和我說話的蔣冰鎮彷彿另一個人。我苦笑，他真的很討厭我吧。

「你精神不好。」他說。

「是嗎？」我摸摸我的臉，「以你的專業判斷，我是不是患絕症了？」

他竟然認真的端詳我起來，我喝了一口咖啡，客套的問：「工作很忙吧。」

「三十小時沒有睡了。」

「甚麼？你還可以睜大眼睛行動自如？」

「只是強撐着，你現在説話，我聽起來就像深谷裏的回音一樣。」

「真是非人生活。」

「是我自己選擇的。」

我打開手袋，又停住了動作，「醫院不可以抽煙吧？」

他抱歉的搖頭。

「也沒有吸煙房吧？」

「你從來不抽煙？」我問。

他這次連搖頭也欠奉，只是默默看我。

「抽過，覺得不適合我。」

我點點頭，「明智的抉擇。」

「你也戒掉它吧，對身體不好，某日懷孕時才開始戒，會很辛苦。」

「懷孕？」我失笑，「誰是父親？小新嗎？」

「你們沒有想過？」

「和一個大男孩生一個小孩子，你饒了我吧。」

「和顏鍾書呢？」

嗯，此話一針見血，甚至可謂見血封喉。但他痛快地說到重點了，這就是他會請我飲咖啡的原因吧。

我盯着他，冷靜的回答：「或許吧。如果跟他一起，我是非戒煙不可了。吸煙的女人，不是他心目中的完美配偶。」

「你跟顏鍾書，認真的？」

「小新跟那少女，也是認真的嗎？」我問。

他一怔，避開我的視線。如我所料，他真的知道。

「你是個很好的朋友。」

「少女的事……小新告訴你的？」

「他沒有，他在極力掩飾。真可笑，我們兩個都背着對方和別人一起，卻又不肯離開對方。」

「他會回到你身邊。」蔣冰鎮說。

「他告訴你的？」

他沒回答。

我說：「即使他回來，我也不知道我還能和他一起多久了。我們已經有種走到盡頭的感覺，我都不記得當初是喜歡他甚麼了。只是本末倒置的想，既然可以和他一起十年，我一定是十分愛他吧。那少女喜歡他甚麼？你知道嗎？」

「她仰慕他。」

我默然，「對我來說，這真有點難度。」

「見過太多像顏鍾書那樣優秀的男人，很難回頭仰慕一個電台DJ？」

「你當年也是因為這個原因才棄廣播從醫吧？」

「不，我是因為沒有天份。」

「播歌和跟空氣說話，也需要天份？」我說：「我想，正常人都比較容易仰慕一個醫生，你應該有很多女護士追求吧。」

「她們只是喜歡我是醫生，喜歡我的十多萬月薪。」

「那有甚麼不好？愛財的女人都不是壞女人，你們都以為愛鑽石的女人貪慕虛榮城府極深，其實她們是最單純的一群。正如男人都以為香港女人厲害又難搞，事實是你想騙一個女人感情，香港女子最容易上當。」

我們精明幹練的外表下，是毫不吝嗇付出全部感情的內心。

見蔣冰鎮冷冷看我，我加上一句備註：「哈，我好像在自我辯解。」

「我沒有說過你是壞女人。」

「那我是一直在誣捏你了。」

他並不動氣的微笑，我懷疑他一世人也沒有動氣過，心跳從來不超過一百。

我看着他的杯，「你的奶茶沒有落糖。」

「你的咖啡也沒有。」

「已經很久沒有放糖了，人大了怕了太甜的味道，以前我都放兩包的。我想這就是我的問題吧，一位妙齡少女總比我甜得多，對不對？」

蔣冰鎮不語，他真是個謹慎忠厚的人。

父親來電，我告訴他我在食堂，隔一會他出現時，我站起身跟蔣冰鎮告辭。

離開醫院時，父親說：「我好像見過你的那個朋友。」

「不出奇呀，我們十年前就認識。」

「他不錯呀，好歹也是個醫生。錢賺得不會多，至少是個專業人士，看樣子是斯文人。」

父親對於我男友的標準甚麼時候降低了？以前除非是大富之家的兒子，否則他都覺得我在糟蹋自己。

「他不會喜歡我這類女人。」

「你有甚麼不好？」

「並不是沒有甚麼不好就可以喜歡呀！要找個五官齊全沒有怪癖的女人不難，難道他全部都愛？」

父親搖頭，「你們年輕人把愛情看得太複雜。」

「我還以為把愛情看得複雜的人是你們這一代，我們很簡單，不會奢望甚麼天長地久。」

他語重心長的說：「天長地久才最簡單，你選一個人，然後學習去喜歡他，待你學習得差不多時，你會發覺原來已經一世了。」

蜜桃又失戀了，週六放工後哀求我陪她逛街散心。

我和顏鍾書處於冷戰期，小新要工作，橫豎我沒有約會，便答應了蜜桃。

「先去吃飯。」

「去哪裏？」我問。

「有酒喝的地方！」

「才一時半，你就開始喝酒？」

「下午一時半為甚麼不可以喝酒？」她反問。

蜜桃想到一處不會碰到熟人的地方，我們乘搭的士到了赤柱。我帶她到一家向海的西班牙餐廳，那是我和小新很喜歡的一家餐廳，有着很特別的回憶，但上一次來好像已經是三年前了，我害怕它會關門大吉。

「很漂亮啊！」蜜桃倚着欄杆眺望海灣，她回頭望望餐廳，「可惜沒有俊男。」

「拜託啊，你不是剛剛失戀嗎？這一次又是為了甚麼？」

我們叫了一支西班牙紅酒。蜜桃像喝白開水的灌進口中，「我再也不跟幼齒型的男孩戀愛了！」

「是甚麼使你終於覺悟？」

「他說覺得我看不起他。他說我經常用一種『我知道的比你多』的態度對他。」

「那是事實吧，你當然知道得比他多，你二十八歲呀。」

「才二十七！」她第一時間糾正我：「我不明白男人，他們覺得白白癡癡、他說甚麼她都像發現新大陸般興奮尖叫的，才算是天真可愛？」

我阻止她空肚喝酒，着她吃多點番茄麵包。我一直覺得蜜桃是個男人覺得可愛的女人，原來他們還是會嫌棄。

「我想，任何聰明一點、不大驚小怪、有些主見的女人，都逃不過被標籤為潑婦的命運吧。」

「我要找一支棍把自己毆成白癡！」她喊道。

「你剛才不是說放棄幼齒型男人嗎？那就不用再勉強降低自己的智商啦！」

她苦笑：「不是所有人都像你幸福。為甚麼今天顏鍾書沒有約你？」

「不要提他了。」

「別輕易放走他，他是連聰明女人都可以仰慕的高質素男人，剩下來會接收你和我的，就只有那些快死的有錢阿伯了。」

我不是不知道。然而，隱約地我感到我和顏鍾書之間還欠了點甚麼，使我始終難以投入。

蜜桃很快就醉得儀態盡失，她堅持再叫多一瓶紅酒，跟混血兒的侍應調情，我則像個制止孩子橫衝直撞的母親竭力擋駕。

忽然，蜜桃向遠方大力地揮手，「葉謹，是你弟弟！」

我回頭，小新來不及甩掉拖着少女的手。

「這麼巧，一起坐啊！」蜜桃說。

「別礙着人家。」我說，沒有望小新。

蜜桃借着醉意不顧強人所難，「有甚麼關係？你們是兩姊弟呀！」

少女笑出聲來，就憑這個反應，她已確知我是誰了吧。

「這位是你女朋友啊？」蜜桃問小新。

少女挽着小新的手，小新好像用力也揮不開她。少女竟搶着回答：「是啊，我叫柏樂芝！」

我的臉一定像鍋底般黑。

柏樂芝拉着小新坐下，我感覺到小新正盯着我，我故意垂下眼喝酒。

小新為甚麼要帶她來？這是我和他的餐廳。就這一點，叫我此刻恨透了他。

蜜桃着侍應多拿兩個酒杯來，她跌跌撞撞地站起身斟酒時，突然停住手，問柏樂芝：「你有沒有十七歲？」

「十六。」

「未夠十八歲不可以飲酒。」

「別人看我，都以為我二十歲。」她驕傲的挺着胸膛說。

蜜桃半醉地訓話：「小女孩，再過幾年你就不會希望誇大自己的年齡了。我們都只有一個十六歲，應該好好享受它，千萬不要否定它，你將來會後悔的。」

「我不會。我討厭十六歲。」

「有沒有同學仔可以介紹給我，我最喜歡十六歲了！」我拉着發酒瘋的蜜桃，她甩開我的手，「我還沒有試過十六歲的呀！」

柏樂芝有點詫異：「千萬別試！我的男同學都是白癡啊！」

「啐啐啐，青春才是永恆，青春才有條件做一個白癡！」蜜桃呵呵笑。

「我只喜歡可以讓我仰慕的男人。」這個柏樂芝陶醉地昂頭凝望小新，她是一點面子都不給我呢。

「那是無止境的追求呀！最後你會發現，你需要的是一個可以令你笑的男人……所以我只愛年輕的男人！對，我不怕承認，我喜歡的是年輕男人！你看看葉謹，她在公司裏有一個萬人仰慕的男朋友，但陽光燦爛的星期六下午她在甚麼地方？我告訴你……哈哈哈，我想到一件很好笑的事！你等我一下……」

她站起身跑到欄杆旁，大吐特吐。

我趕上去扶着她。

「我送你走。」我說。

「我未飲夠！」

我緊緊的勾着蜜桃的臂膀，回頭拿起她的手袋，才下午三時她就爛醉如泥，為一個把她當探險遊戲的男孩值得嗎？

我跟小新說：「麻煩你替我們結賬。」

柏樂芝哭笑不得，「我們甚麼都沒有吃啊！」

我盯着小新，他默然不語，全程一句話也沒說過，我是徹底的對他失望了。我用冷漠得叫自己也打顫的聲音說：「回家之後我付回你。」

蜜桃在的士上又哭又吐，我告訴自己某天失戀了也不要像她般作賤自己，實在太丟臉兼影響市容……蜜桃找錯了傾訴對象，我並不是一個富同情心的朋友。

她神智不清說：「我蠻喜歡你弟弟，不如你幫手撮合我們？」

「我不會。」

「為甚麼？難道他也嫌我老？我二十七歲比不上一個十六歲的白癡少女？」

我的心一緊，不幸給她言中了，連我這個二十六歲的女人也比不上那個十六歲的白癡少女。我隱藏着心裏的傷痛，說：「我不會撮合你們。因為他是我的男朋友。」

蜜桃昏醉過去，聽不到我的說話。

要不是蜜桃在場，我不會對柏樂芝的囂張吞聲忍氣，我會用正印女朋友的高姿態令她沒趣得先行告辭；退一步想，要不是我們在赤柱的西班牙餐廳碰見，我甚至可以一笑置之，因為我又有甚麼資格怪責小新一腳踏兩船？

但是，他帶一個女人到「我們」的餐廳，那就是罪無可恕。他親手把我們最重要的回憶毀了。我發誓，今生今世再也不要踏足那西班牙餐廳半步。

他挖空了我的心，而且挖得很深，挖得我的心壁破損淌血。我現在恨不得找個腦科醫生，把我二十歲的記憶全部洗掉，開心與不開心的，全部清除。

二十歲那年的十一月，我和小新到台北五天遊。

我們玩得很高興，跟着旅遊書逛遍了西門町、忠孝東路、淡水、九份。

那五天剛巧撞上了我應該往醫生打避孕針的日子，我並沒有在意，心想停一個月也沒關係吧。

回香港後一晚，小新在床上問我：「今天可以嗎？」

我從報紙雜誌看過安全期的計算，照記憶在心裏算一算，「沒問題。」

「不如我到便利店——」

「不用啦。」

「還是不要做了。」他想坐起身。

我攬着他的頸，「沒問題的。」我看到他眼裏的失望，不想拒絕他。這幾天他對我那麼好，我們到台灣都是他付的錢，他為了我開心，把一個可以訪問他最喜歡的外國歌星的機會也推掉，我很想補償一點甚麼給他。

想回來，那實在是很愚蠢的決定，但我渴望用我的身體滿足他。

那夜我們上床了。

我並沒有把那夜放在心上，直至聖誕前幾天，我開始坐立不安。

我們坐在沙發上看電視，重播着周星馳的電影，我卻笑不出來。我看着小新的側臉，掙扎着是否該告訴他。

「我的還沒有來。」

「甚麼？」他問。

「我的那個，還沒有來，已經遲了三天。」

他呆了一會，然後明白了，沉默地看完一整套電影。

「可能只是遲了，我再等幾天。」我轉頭向小新說。

「唔。」

「抑或，到藥房買驗孕棒？」我沒用過，只是在電視劇裏見過這樣的情節。

「唔。」

他只有這個答案嗎？我已經忐忑不安多日，但他彷彿不打算和我分擔我的恐懼。我的心沉到最低點，霍地站起身，從手袋裏拿出煙燃點。

小新奪過我的香煙。

我拿出新的一根，說：「有甚麼關係？橫豎我怎樣也不會把它生出來！」

我點火，小新捉着我的手腕，捉得我好痛。

「不要。」他說。

「那麼你告訴我，我應該怎做呀！」

我迫視他，他嘆口氣，鬆開我的手。

我別過臉望着房子的四周，環繞着我們的沙發和傢俬，令我有透不過氣的感覺，這房子忽然小得像一個火柴盒，沒一個可以讓我坐下來的角落。

我甩開小新，把自己關進洗手間裏。

坐在廁板上，我腦袋一片空白的盯着牆上的杏色瓷磚。

我還沒有唸完大學啊，我還有很多事想一個人完成，我不想有一個孩子。

脱掉衣服，啟動花灑，我呆立在迎頭淋下的熱水中。雙手用手的捏着腹部，十隻手指陷進皮肉。求求你，不要待在我的裏面，我哀求着。

那晚，我和小新無言地背對着對方睡去。

半夜我醒來，發現小新坐在床上，在黑暗中凝視着我。

他說：「如果你不想要的話，就把它打掉吧。」

我的眼淚決堤，淚水爬在我的臉上，哭得枕頭都濕透了。這是我想要的答案，但這是我最不想聽到的答案。

聖誕節，小新提議出去吃飯，我想告訴他我沒心情，但又覺得這好像是在懲罰他。而他沒有做錯甚麼，我實在不該懲罰和折磨他。

他也只是個二十二歲的孩子，只是個還沒長大的男人。忽然要他當上一個父親，他才是最無辜的一個吧。看到他六神無主的臉，我知道我應該自己做這個決定。如果要他操控這生死大權的話，無論他的決定如何，我都會怪他一輩子的，這樣太殘忍了。

所以，第二天當他往電台上班後，我自己到藥房買了驗孕棒。

回到家中，我用冰冷的雙手打開紙盒，一字一字的把說明書看完，然後步進洗手間。

怎料，我的月經剛剛來了。

全身的血液刹那間都沖到頭上，我高興得頭昏眼花，繃緊的肌肉像扯線木偶般散落。

太好了！我衝出洗手間打電話給小新。「沒事了！原來只是遲來了！」我釋然的笑說。

電話的另一邊有一陣沉默，淡淡說：「那就好。」

我們決定去補祝聖誕。因為是慶祝，所以要到一個沒有試過的餐廳。在飲食雜誌看到赤柱西班牙餐廳的介紹，我們乘了一個多小時巴士才到達。

我拿着餐牌叫了很多食物，問小新想吃甚麼，他都說沒所謂。

我放下餐牌看着他，我如夢初醒的抬一抬眉毛。

「你想要那個孩子嗎？」我問。

他搖搖頭，沒所謂的聳聳肩，「我只是想，如果他是男孩子的話，我該替他取甚麼名字？」

我看着這個我喜歡的男孩。他真的很想要那個孩子吧？縱使他原來從沒有存在過。

我淡淡的微笑，看着大海說：「不知何解，我也覺得，如果我真是有孕了的話，那一定是個男的。」

「當然！因為我的精力旺盛！」

「胡說。」

我們相視而笑。那一頓飯，由補祝聖誕，變成作為歡送我們從沒有來臨過的兒子的儀式。

這一家西班牙餐廳，擁有我們最重要的回憶。

所以，當他帶另一個女人來吃一頓隨便的午餐，我覺得被徹徹底底的傷害了。

我想，這一次，我沒法子原諒他。

小新淩晨二時才回家，用鑰匙開門，我故意盯着電視不看他。

看到我的憤怒嗎？覺得內疚嗎？我抽着煙，明知道他討厭我在家裏抽煙，就偏要這樣做，我要用盡一切辦法讓他覺得難受。

但小新沒說一句話，便走進洗手間關上門。

關門的聲音，像一個人從高處墮下自殺的悶響。我大發脾氣，把茶几用力踢開，打開冰箱再關上發出巨響，將他的背包扔到地上東西散滿一地。

他並沒有被驚動，洗手間裏還是沉寂一片。

我嘗試打開洗手間的門，他鎖住了，他從來上洗手間都不鎖門的，這樣突如其來的隔絕，竟已打亂我陣腳。

我輸了。敲門，他沒回應。我鍥而不捨的用拳頭搥打木門，叫着他的名字，然後一把空洞的聲音傳來：「甚麼事？」

尊嚴散落一地，我為了一個厚顏無恥拖着另一個女人的男人卑躬屈膝，然而當他這樣待我，我卻連拂袖離去的勇氣都沒有。

「你是不是洗澡？有沒有拿替換的衣服。」

「你掛在門外可以了。」他說。

我站在門外，我知道我不行了，再這樣下去，我不行了，我會連在他面前抬起頭都不能。但我還是把衣服掛在門把上。

蜜桃也比我有勇氣，她會對那些待她不夠好的男孩子說：「你去死吧！」平日我擺的姿態都比她高，一副不可侵犯的高傲相，但在這個男人面前，我失去所有捍衛自己的能力。

二十分鐘後，小新從洗手間步出來，轉身就要走進睡房，我不讓他逃走：「你沒有甚麼要跟我說嗎？」

「我有甚麼話要跟你說？」他反問。

眼前的是我認識十年的人嗎？那個會笑着捏我的臉、晚上從後抱着我才睡覺、想念我時會點播情歌給我的男人。

「你有沒有跟她上過床？」我還是問了。

他飛快地說：「你又有沒有跟你的同事上過床？」

「沒有！」

「我也沒有。」

「為甚麼要我先回答，你才肯說出你的答案？」

「當然了，如果你堅持否認，我當然也要否認了。」

「我說的是真話！」

「你如何證實？」

「你想我如何向你證實？……我為甚麼要向你證實？我說，我沒有跟另一個人上床，就是沒有。你說的沒有，卻叫我無法相信。」

「如果我說了你也不會相信的話，你問我幹嗎？」

「我想你說真話。我想聽到真話。」

「我在說真話啊！我——沒——有——和——她——上——床——」

「但你的態度叫人難以入信。趁我不在家時讓她上來短聚，不要以為我不知道！拖着她的手，她說是你女朋友時也不否認……現在卻說你沒有跟她上過床，你叫我相信哪一句？」

「我說的都是真話，我每一秒鐘說的，都是那一秒的真話。你可能覺得難以接受，但我認為我是一個最坦白的人。」

「我再問你一次，有沒有跟她上過床？」

他木然地看我。

「有沒有和她上過床？」

他別過頭。

「有沒有和她上過床？」

我一直問。雖然我不知道為甚麼我要知道答案。

「有沒有和她上過床？在我們的床上過床？」

他失去沉默的耐性，「沒有上過床，就沒關係了嗎？」

我不想再吵下去了，我想掩着耳朵尖叫。他為甚麼不明白，我只想聽到他一句哄我的美麗謊言，一句說我才是最重要的虛假情話。女人要求真相時，她們不過是在哀求一句謊話。

他卻不肯施捨給我。我們是如何走到這個地步的？非要傷害別人直至刺痛自己為止。

「那麼你告訴我，你有喜歡過我嗎？跟我住在一起，是因為喜歡我嗎？就這一次，跟我完完整整的說一句真的說話，好嗎？」

「我說沒有，你就相信嗎？」他說。

我看着他的眼睛，竭力要從他的眼睛裏看到裏面的我。「對，你說沒有，如果你告訴我真的沒有，我就會相信了。」

小新也看着我，但我已經看不出他眼裏是坦白還是痛苦還是冷漠了，他用看着一個陌生人的眼光看着我。

他說。「沒有。」

我的眼淚就那樣不爭氣的流了下來。像血，被刀子刺破皮肉時，不能自主的淌出。

「那麼當年為甚麼跟我一起？」

「因為沒有別人啊。而且是你要住進來的。」他自牙縫間吐出這句狠話。

「你沒有喜歡過我？」

「是你要我說真話的。永遠不聞不問，不是更好嗎？」

「我想知道……我覺得，知道了，比較好……知道自己的位置，比起不自量力，比較好。」

他用力搖搖頭，轉過身去，關上了睡房門。

我一直拍門，直至手累得再也抬不起來。那夜我蜷縮在沙發上倦極而迷糊，不知何時便失去知覺。

那些一定不是真話。我不會接受那些所謂的真話。

他喜歡柏樂芝因為她仰慕奉承他嗎？他以為，十年後出來工作見過無數男人之後的我，已經不再能用崇拜的心情來喜歡他了？

每一個男人都需要仰慕他的人。也許這就是小新為甚麼對柏樂芝不能抗拒的原因。我不是不仰慕小新，可能他不相信，時至今日，我有時聽着他的節目，哼着他選播的歌，還是不由自主的會產生欣賞他的感覺，會忽然有一個「這個男人真有點特別啊」的想法。

我也是他的仰慕者，只是他不相信了。

他甚至說，他沒有喜歡過我。因為，他已經不相信我還愛着他了。

也許我有天要追着他的的士，拍着車窗哀求他簽名他才會相信。

那夜，沒有他的歌，沒有他說話的聲音，沒有他的體溫，我掉進了無底黑洞。沒有任何物體連光線都逃不出來的宇宙黑洞。

我追問到我要的答案，但我也不知道意義何在。我醒來的時候，他卻已經不在了，穿過黑洞去了一個我找不到的時空。

無路可退，我寄情工作。

大清早回公司，中午只吃三文治，晚上問象腿小姐有沒有趕不完的工作我可以幫忙。象腿小姐以為我覺悟了，加入了她的行列，成為名副其實的女強人。女強人都是孤獨衍生的。她認定我是孺子可教，晚上提議一起吃飯。

其實我不過在折磨自己，晚上不讓自己睡着然後告訴自己這是失眠，餓的時候堅持不吃東西説那是食慾不振。我要令自己憔悴，讓他看到我為情所困。

我在沙發上睡，已經差不多一個星期了。

「想不想到東京公幹？」

我抬起頭，如夢初醒的看着象腿小姐。

「下月中，總公司在東京有個國際展覽，我要到巴黎出席珠寶展所以分身乏術，你想不想代表公司出席？」

象腿小姐向我委以重任的投來了賞識的目光。我卻想到可以逃離香港一下，或許也能夠換個心情。所以我答應了。

象腿小姐真的十分高興，她把我納入她的心腹，吃完飯拉着我陪她逛首飾店。她一早就看中了心頭好，問我好不好看，我自然答好，她得到旁人的肯定，就放心買下那對耳環。我看着她自信地簽賬，售貨員小姐露出羨妒的表情，我懷疑某天我會不會變成她一樣？

象腿小姐好像聽到我腦裏的說話，從容的轉頭跟我說：「有天你也可以像我，無論自己喜歡的東西甚麼價錢，都可以面不改容買下來。」

我附和地笑笑。

「我們不需要男人，他們沒有的我也有，他們沒有的我都爭取到手。我們才不需要男人來令我們快樂。」

我說：「愛情呢？總需要一個男人來提供吧。」

象腿小姐：「小朋友，愛情是甚麼？到頭來還不是害怕寂寞的人消磨時間的娛樂？我在單身裏找到自己的樂趣，我享受不用看着一個人面色來決定自己的喜怒哀樂。如果將來真的需要一個寄託，或者我會去領養一個孩子，但男人？哼，我不需要。他們只是買不起鑽石時的玩具飾物。」

象腿小姐乘的士回家，我目送她的車。這個晚上不過是兩個可憐的女人互相扶持自我催眠。

但她有一樣說得很對。快樂是要自己找的，人大了就該知道甚麼能使你快樂，不要隱忍地泡在半暖不熱的水裏，那樣會感冒一病不起。

我循着走了十年的路回到家中，小新上班去了。

我鼓起勇氣，打電話給他。他看到我的來電顯示會故意不接聽嗎？電話響了兩下，接聽的是一把女孩子的聲音。

我請她叫小新聽電話。

「喂，是她啊。」我聽到她說。

我那刻做了一個決定，我不要再等待他的救贖，從今天起，我要做一個我可以仰慕的自己。我不再寄望找一個我可以仰慕的男人了。

「喂。」

「我想回家住一陣子。我爸剛病癒，需要人照顧。」

他一頓。「好的。」他簡單的回答。

然後我們已經沒有別的可以說下去。

從電視裏看過一個 De Beers 工匠的訪問，他的話殘酷但真實：「我每天的工作就是把粗糙的原石打磨成美鑽，我製造出了無數的鑽石，數十年後，我只不過擁有一個吸滿鑽石灰塵的肺。」

我也打磨了一顆原石十年，鑽石結果被一個少女買下，我的肺部囤積滿鑽石的粉末，已經失去了呼吸愛情的功能。

那個凌晨，小新節目的第一首歌是蔡健雅的《呼吸》。我覺得這是我們的別離之歌。

公司的週年晚會在四季酒店舉行，吃到中段時高層先走，所有人就像甩繩馬騮，盡情吃喝玩樂，過半數人都醉了，跑到台前亂演講跳舞。

我和蜜桃坐在一起。她悉心打扮，穿了件超低胸連身裙，白皙豐滿的胸脯暴露了大半在空氣中，其他部門的男同事排着隊爭先請她跳舞。

她卻緊緊勾着我的手臂，拒絕了他們的邀請：「今晚我的舞伴只有葉謹一個！」

「你去呀。」我說。

「才不要，他們悶得叫我想睡。」

「沒有一個比較有趣？」

她反白眼，「那天有個市場部的經理約會我，我說好呀，他就一天三個奪命追魂簡訊，確定我們幾點幾分在 google 地圖甚麼坐標見面。約會時我隨口問他，上週末他做甚麼，他就由九時五十分起床開始，向我報告他刷牙洗臉中午吃了三餸一湯、下午跑了四十分鐘跑步機、晚上吃了一個銀鱈魚定食兩碗麵豉湯、九時四十分就寢。我想叫他閉嘴又不可以。而且老天爺呀，九時四十分睡覺的男人，體力那樣差勁叫我怎跟他來往？」

我暗笑：「這樣的男人好，他的時間表一清二楚，想偷情也逃不過你法眼的吧。」

蜜桃裝起鬼臉誇張地點頭，「那種男人會偷情才怪。」她用下巴指指鄰桌的另一個男人，「三十八歲，英國倫敦大學畢業，有一層太古城單位和一輛賓士。聽起來很吸引吧？那天他在咖啡站跟我搭訕，我問他『你平日有甚麼嗜好呀？』他說他最喜歡工作。『除了工作呢？』他說他會回家看電視，我就問他喜歡看甚麼電視節目啦，他努力想了想，竟然告訴我『電視做甚麼我就看甚麼！』這種人你可以和他生活嗎？」

我必須認同，我也受不了，但我口裏說：「這種住家男人，繳家用一定非常慷慨。」

「唉，男人過了一個歲數就不再有趣。」蜜桃的總結。

我不得不提醒她：「怎樣才算有趣？颱風時和你看海、『翹班』跟你看電影、晚飯只吃雪糕新地？蜜桃，拜託你別再那樣天真了。這些沒有體力偷情，只有興趣賺錢的男人，可能才是我們可以付託的 Mr Right。」

「連偷情也懶得去偷的男人，怎樣叫一個女人為他動心？」她說。

我揚揚眉，無話可說。

蜜桃對於愛情的冒險精神，的確叫人刮目相看。

「來，我們去跳舞！」她站起身。

「我們兩個？」

「對呀！我就是要那些男人看得牙癢癢！」

蜜桃和我在舞池中共舞，她將雙手圍着我的頸，天花亂墜的小聲說大聲笑。她的胸脯觸到我，連我也怦然心跳。如果我是個想偷情的男人，我一定會看上蜜桃，她像一條款式可愛又不會讓人望而生畏的碎鑽手鐲。

晚會到尾聲，眾人陸續離開，蜜桃在人群中發現顏鍾書，大聲叫住他：「我可以乘你的順風車嗎？橫豎你也送葉謹回家吧！」

我推說不用，但蜜桃瞪我一眼，「不是連讓我坐坐你男友的車子你也吝嗇吧！」

我看着顏鍾書。坦白說，即使他拒絕我也認為是應該的。

「沒關係。」顏鍾書大方地說。

大概這就是成熟男人的風度。他沒有叫我在蜜桃面前難堪，我暗地感激他。我去過台灣東部的海邊，一塊塊大石被海水侵蝕得滿是疙瘩，但仍然堅定屹立，像告訴我十年後重遊的話，它依舊會在那裏。

顏鍾書忽然令我想起那些砂岩石。

送蜜桃到達她家門，她彎下身隔着車窗向顏鍾書道謝，剩下我們兩個人。

我解開安全帶，「你不用送我了，我在這裏截的士。」

他看着前方問，「跟我一起，真叫你如此不自在嗎？」

「你沒有義務送我。」

「我想送。」

他捉住我的安全帶，把它扣回。

我不值得他待我好。我甚至沒有愛過他，由始至終，我只當他一個條件優厚的飯票候選人。

車子轉上往新界區的天橋，我說：「對不起，我忘了跟你說，請到銅鑼灣。」

「你約了人？」顏鍾書好像受了傷害，但他掩飾得很好，穩定的轉線。

「不，我搬回了父母家住。」

他沉默片刻。

我解答道：「是為了方便照顧我父親。」我沒說謊，只不過是說了一半的真話。

「唔。」

和他拍拖數月，他送我回西貢很多次，我首次覺得心安理得。想跟一個人相處得心安理得，原來就是不要說謊，只說一半真話吧。

「如果你不趕着回家，陪我到一個地方好嗎？」

我說好。他駕車到香港大學。夜深了，他隨便的把車子泊在路邊，我們步上斜路。

「可以走嗎？」他看着我的高跟鞋。

我笑，「穿着 Jimmy Choo，用跑的也可以。」

我們步至歷史悠久的陸佑堂，大門關了，顏鍾書只是仰起頭靜靜看着紅磚砌成的外牆，隔了一會，他又邁步踏上旁邊的石階，我跟在後面沒有打擾他。

深夜的校院有種詭異的感覺，我在猜想會不會有保安人員上前查問我們，但是沿路只有我們倆的腳步聲。我們走到大學圖書館外，周圍的景物跟多年前的一樣，沒有幾多改變，唯有廣場上掛着的布額寫着爭取大學資源的標語，提醒我們現在的年份。

啊，還有，我們的一身名牌西裝和套裙。

好像穿過時空隧道，隔着透明的太空船，看着過去。

唸書時也穿過西裝，我記得那是在 G2000 買的，配着棗紅色的恤衫。

「真想進去看一看。」顏鍾書看着圖書館大門說。

「認識你這麼久，從來不知道你那麼感性呢。」我說。其實，我也想進去看看。

「我們認識很久了嗎？」

「六年……還是七年，算久嗎？」

「我們認識六年，但我仍是不明白你想要甚麼。」顏鍾書說。

「我……」

我答不出話來。

顏鍾書回頭緊鎖着眉頭問：「你想要的到底是甚麼？」

我的頭好痛，週年晚會裏的廉價紅酒，叫人頭痛欲裂。

「我真的，不知道……對不起。」我知道我欠他很多個對不起。

這個晚上，這個問題，叫他放下了太多的尊嚴。我也試過放下尊嚴，求一個人回心轉意，我明白那有多困難，而那對顏鍾書又更困難多一百倍。

母親一直追問我和小新是不是分手了，為甚麼要分手，是他做錯了甚麼還是別有內情。我三緘其口忍耐着，她還是不肯放過我，直至爸爸叫她閉嘴，她還想跟他爭辯：

「我只是關心女兒！」

「你關心她的話就閉嘴！」父親青筋暴現。

母親顧慮到他大病初癒，很不甘心的暫時放棄尋根究底。

跟小新分開，最高興的應該是爸爸吧。他一向不喜歡小新，認為他配不上我，更配不上做他的新家人。他像所有父親一樣，認定自己女兒是瑰寶，不是最出色的男人也休想得到。

一天，母親要我陪伴她到銀行。她打開了保險箱，讓我看她的首飾珍藏，對我說：「這些我全都留給你。」

我看傻了眼，媽媽過去趁父親有錢時，也真懂得從他身上撈好處。

「男人都靠不住。你以為找到一百分的好男人，把自己都押上去，隨時落得一無所有。唯有這些石頭是永恆的，這些才是女人真正的保障。」她陶醉地凝視着珠寶。

我輕咳一聲。父親算不算一個可憐的男人？我很懷疑媽媽沒有真的愛過他。

「我死後，這些全部留給你。」

母親輕撫着紅寶石項鏈。我並沒有覺得母愛真偉大。如果有天我或阿慎被人綁架的話，我相信媽媽才不會把首飾拿出來當贖金。這些珠寶才是她的命根。

原來，我也不算是一個貪慕虛榮的女人。我愛鑽石，但我其實更想得到像鑽石的愛情。

我撥了一通電話給小新，聽到他獨有的聲線，我忽然哽咽。

「你好嗎？」我問。

「OK 呀。」

「工作忙嗎？」

「也差不多。最近電台大地震，幾個 DJ 被炒，我幸運逃過一劫。」

我們都彷彿有很多話要跟對方說，但已經錯過了說出口的時機。他沒有問我甚麼時候搬回去，也許，他認為我不會回去了。也許，那位粉紅少女已經搬進去，睡在我睡慣的那半邊床上。

「我爸康復得很好，已經又開始罵人了。」

「那樣更好，罵完了心情就好。代我問候他。」他說。

只有這樣嗎？我不習慣小新的客套，他應該像個孩子般追問我甚麼時候回去，說他一個人睡好寂寞啊，再講一些黃色笑話逗得我笑罵他閉嘴。可他突然變了個深不可測的男人，一個我不懂如何應付的小新。

我不想掛線，一直在問問題：「家裏還好吧。你自己一個人做飯可以嗎？」

「沒問題。」

「她有做飯給你吃吧。」我衝口而出。我究竟是在裝瀟灑還是在用激將法？但我一說出口後就後悔了。是我把她硬生生的放到我和小新中間。

小新沒有回答我。

是甚麼仍叫我如此留戀這個男人？讓現在的我重新選擇的話，我會選小新還是顏鍾書？答案呼之欲出。而我現在正正擁有這個重新選擇的機會，為何我仍為了一個 Mr Wrong 依依不捨？小新任何一方面都與我不相配，我只是害怕失去一些我本來擁有的東西罷了。

「我遲些再找你。」我說。

掛線的時候，我覺得，也許我遲些不會再找他了，也許我們應該像這樣平靜又自然而然的結束一段勉強湊合了太久的感情。

我隻身到了東京公幹，住進六本木的酒店。

那裏連接着大型商場，但抵埗兩日了我由朝到晚的工作，根本沒機會逛街，更遑論到新宿銀座購物。晚上日本同事提議帶我到六本木的酒吧見識，我太累所以婉拒了。

一個人躺在床上拿着遙控器不停的轉換着電視台號，我的腦袋一片空白，忽然明白阿慎愛轉台的怪癖。數十個電視台提供着源源不斷的娛樂，外面的世界彷彿不止息的在轉動，告訴我我的人生並不單調。這的確是良好的心理治療。

但是，在心理治療過程中，我更清晰了解到了，我並不是享受孤獨的那種人。

我希望有人陪着我，就那樣靜靜的挨在我旁邊，朝着同一個方向望着電視機，直至我睡去。

日本是個千奇百怪的國家，我想可能真有一種職業，到會來你的酒店房間，沒有性交易，只是安靜地陪你看電視，看着你睡穩後便悄悄地離去。身心俱疲的人，一定會樂於聘用這個服務。

凌晨時分播着水着女星的二級半綜合節目，我半句都聽不明白，只看見她們熱衷地寬衣解帶、朝色迷迷的男主持卡卡笑。

她們的胸脯非常大，而且玩得十分投入。我覺得她們真是幸福的人，因為她們的強項顯而易見，人生的方向也清晰，當我還在為自己的前途和目標而迷惑不已的同時，她們完全知道自己的天職就是用胸脯慰藉日間受盡壓抑的男人。她們要的，是男人拜倒她們巨乳下的貪婪表情。

我想起顏鍾書那夜問我的問題。我想要的是甚麼？

是的，我想得到的、想做到的、想達成的，是甚麼。

活到二十多歲，我竟然比起十多歲時更加不了解自己。

我關掉了電視，坐到玻璃窗前看東京夜景，莫名地悲從中來。我是不值得可憐的，我知道，每天穿着名牌、出入高級餐廳、碰着的都是漂亮優秀的人，我説甚麼空虛寂寞都像強説愁。但在此時此刻，我希望有一個愛我的人在身邊，我卻有種感覺，我或者將會孤獨終老。

最失敗的人，不是沒有事業成就，不是沒有朋友娛樂，是孤獨終老的人啊。

門鈴響起，我大大地一怔。謹慎地穿起睡袍，透過防盜眼看出去。聽説某些酒店會有應召女郎叩門詢問是否需要服務。

防盜眼中，是一張疲倦又挫敗的面孔。

我打開門，不是做夢，顏鍾書就站在我面前。

他的鬚根長出來了，手上握着一個小型行李袋，實實在在站在我面前。

「你為甚麼來了？」我問。

「我不知道。我乘坐了三個多小時飛機，兩個小時計程車，我不知道為甚麼我來了，我只知道我必須要來到你面前。」

我緊緊的抱着他，讓他的體溫滲進我，用力把他西裝上的古龍水味道吸進我的肺部，再傳送至我的血液裏。

在我迷失於太多選擇的生活時，他適時給了我一個唯一的答案。

那夜，我們第一次一起睡了。我讓他完完全全地，擁有了我。

終於，我覺得整顆心着了地。

顏鍾書住進我的房間，日間我按照程序表的赴工作約會，他周圍遊覽順道探望日本的朋友。晚上我們一起吃飯，然後就回酒店蜷縮在床上。

「我們可以出外玩啊。你要到酒吧也可以。」我穿着舒適的加大碼T恤躺在床上。

他搖頭，「我甚麼地方都不想去。」

我把我的頭埋進他的臂彎裏。

「累就睡吧。」他說。

「唔。」我抽身要躺回枕頭上，但顏鍾書擁抱我不讓我動。我說：「這樣你的手會發麻的。」

「沒關係。」他說。

我像一個嬰兒般睡去。當他告訴我不准離開他的臂彎時，我覺得好幸福。沒有選擇是幸福的。就如男人，選擇多，就變成沒有了真正的選擇。每日換一個，像看街診的醫生嚷道：「下一位！」每個換進來的都有他的優點和怪病，你一直尋求沒有缺陷的那個一百分，到頭來，你已經早已不是一百分了。原來，幸福就是認定一個人，然後用時間來學習愛上他的一切。

我在小新身上實習了一次，沒有成功。

也許，這次我是找一個讓我定心的男人。

半夜，我醒來不見顏鍾書，洗手間裏沒有，走廊的自動販賣機也不見，打他手機不能接通。我惘然地坐在床沿，忽然失笑，他是成年人，難道會迷路？可能只是睡不着走去便利店逛個圈。我開電視看 CNN 新聞邊等他回來。

手機突然響起，我跑到桌前要接聽，來電顯示卻是個熟悉又陌生的號碼。

是小新的家。我們以前的家。

我呆呆地盯着小熒幕，猶豫着是否該接聽。

凌晨三時半，他找我幹嗎？

是在夜裏覺得寂寞想起我？是終於鼓起勇氣求我回心轉意？還是被柏樂芝甩了想找我安慰？

我的手指停在「接聽」的按鈕上。小新就是這樣，永遠像個十多歲的孩子，以為全世界人也像他日夜顛倒不睡覺，想到甚麼就立刻做甚麼。

凌晨三時半的電話，女人是不應該接聽的。

我不應該接聽他的電話。無論他說甚麼，我也幫不上忙了。因為我身在東京，我是另一個男人的女人。

鈴聲終於停止，熒幕顯示「未接來電一個」。我把信息刪除。

凌晨三時半，他找不到我，還是可以在別處找到安慰吧。

我坐在床沿睜着眼睛對着電視機等到五時半，顏鍾書才用電腦卡打開房門回來。

「你醒了。」他說。

「唔，睡醒了，不見你，就再也睡不着。」

「對不起。」他爬到床上擁着我，「我睡不着，到樓下逛逛。」

「為甚麼不叫醒我啊？」

「因為你睡得很熟啊。」

我嗅到他身上的煙味。「還不想睡嗎？我們可以叫餐飲服務，你要不要吃點甚麼？」

他坐起身看着我笑問：「為甚麼你不問我到甚麼地方了？」

「附近有酒吧，還有廿四小時營業的彈珠店啊。」

「你不怕我去找女人了？」他很好奇。

「你還是要回來吧，護照還在房間的保險箱。」

顏鍾書望着我良久，「你是個很特別的女人。」

我微笑不說話。顏鍾書拉我到他身邊，我讓他吻我的頸。

我始終不知道他那天晚上究竟去了哪裏，有沒有和別的女人一起，如果有的話，他的體能就是太厲害了。

顏鍾書和幾多女人上過床呢？他愛過幾多個女人？我完全不知道。我想我永遠也不會問。

我是一個特別的女人？他是太抬舉我了。我是普通不過的女人，我只是希望從今以後愛得成熟一點、愛得輕鬆一些。

我每次想到小新跟我認識或不認識的女人睡覺，心臟就要難受得像要爆炸，憤怒得要把她們活活燒死，可是對顏鍾書卻從沒有那樣強烈的感覺。我以為是我隨年齡增加了成熟度。就算親眼看到顏鍾書和一個女人赤裸的揮着汗在床上，我想自己也可以鎮靜冷漠地旁觀，步履穩定的轉身離開到 Cova 吃個下午茶，優雅的收拾情緒再回家，接到他的電話時細心打扮心情愉快的再與他共進晚餐。

跟顏鍾書一起，我總認為我能夠掌握並了解男人，並表現得老練又絲毫不會大驚小怪。

這是成年人的愛情，我告訴自己。

但真相是，我不讓自己太愛這個人。我想定下來了，要跟一個人長久，方法就是不要太愛那個人。

回到香港，工作堆滿案頭，顏鍾書埋怨我工作太多了，連陪他的時間都沒有。

「沒辦法啊，不工作的話找誰來養我？」我說。

「就這麼簡單是嗎？那我養你好了。」

我以笑掩飾，他在暗示結婚嗎？突如其來的一句話，使我有點慌亂，現在談結婚，太快了吧。

可是，我和顏鍾書這樣走下去，結婚似乎是最美滿的發展。

我二十六歲了，再拍一兩年拖，他求婚，婚禮至少要籌備一年半載……在三十歲前結婚，時間剛剛好。

太順理成章、太無風無浪，我反而覺得好像做夢的不實在。

工作桌上有一個小盒子，我望向蜜桃，她饒有意思的笑說：「不用問我，你也知道是誰送的吧。」

是一對珍珠耳環。從一顆鑽石吊下來，十分清雅。顏鍾書對於珠寶的品味比得上任何女人。

「羨慕死人啦。」蜜桃說。

我把它們戴上，雖然開心，卻並沒有太大的興奮。人真是犯賤的，快樂也會麻木。

「你別再跟小男生拍拖，正正經經找個男人，自然會收到這樣的禮物。」

「啐！聽你的口氣！有些東西是鑽石也代替不了的。」

「例如呢？」

「例如義無反顧的熱情。」

「你看太多愛情漫畫和韓劇了。」

「不，是你看太少。」

是嗎？我是個失去了夢幻想法的人嗎？我卻不覺得那是甚麼損失。

「啊，還有，剛才你弟弟找過你。」蜜桃說。

我點點頭，坐在桌前一動也不動。

「你不回他電話？他好像感冒了呢，聲音怪怪的。」

「唔……不用了。」

「你這個人真冷漠啊！」她笑罵我。

小新也曾經這樣說我。

很多年前，我們到大嶼山住度假屋，是那些簡陋又骯髒得嚇人的度假屋。

我記得小新忘了帶替換的內褲，我們在沙灘玩耍時，他一屁股坐到水裏去，結果我們到雜貨店買紙內褲。他第二天早上醒來，紙內褲只剩下三條橡皮筋，笑得我彎腰抱着肚子。

我們坐在沙灘上，喝着汽水和三文治，遠處有人在打排球，小新提議我們去加入，我看着那班金頭髮赤裸上身的青年，堅決拒絕：「你要玩就自己去吧！」

他竟然真的丟下我去打排球，我氣得說不出話，獨自坐在沙灘上把全部食物吃光。

有一個老伯拖着大塑膠袋經過，他的打扮非常邋遢，我裝作看不到他，他卻走過來問我：「小姐，這些汽水喝完了沒有？」

他的臭味我相隔幾呎都嗅得到，我連忙退後，小新發現我被流浪漢糾纏便放下球賽跑回來，弄明他的來意後，小新把剩下的汽水一口氣喝光，把它們都塞進老伯收集鐵罐的膠袋裏。

小新熱情地說：「阿伯，我來幫你吧！」

我瞪大眼盯着小新。

他竟然召集那班金毛少年，陪着他一起跑遍整個沙灘，替老伯拾鐵罐！

「謹，你要不要一起來拾？」

「不！」我説。

他們一身臭汗的回來，提議到碼頭的酒吧吃飯，我掉頭就走。也許那班少年不是壞人，但我不想跟他們來往，也不想幫流浪漢拾荒。

小新追上來問：「你幹嗎發脾氣啊？」

「我沒有。」

「你不喜歡他們？」

「我為甚麼要喜歡他們？」我反問。

「他們不是壞人呀！」

那一刻我覺得小新善良得叫我討厭，他令我覺得我才是壞人。

「你不要那麼冷漠吧。」他教訓我。

「我就是這樣冷漠又無情的人！」我的眼紅了。我隨手拾起地上一個他們漏了眼的鐵罐，使勁擲在小新身上……

年輕的我，真的十分任性。

小新卻一直容忍我。他是唯一知道我乖乖女的外表下，冷漠、任性、愛抽煙、害怕孤獨的那個我。

我應該回覆他的電話才是。為着舊時。

我可恥地有點高興，和我分開了的男人對我難捨難離，我甚至沒有打算和他復合，我只是想聽到、看到、幻想到他還愛着我。

回頭，顏鍾書站在我身後。

「可以走了嗎？」他來接我下班。

「我還有工作。」我苦笑指着文件。

象腿小姐經過，顏鍾書說：「你不要累壞我女朋友啊。」

象腿小姐和顏鍾書一向關係良好，她說：「我是看得起她，才讓她負責重要的案子，還派她到東京。」

「是你派她到東京？」顏鍾書向我擠擠眼，「那麼我不怪責她了，她是我們的媒人呢。」

象腿小姐一臉不明所以，我連忙說：「要不要跟我們一起吃晚飯？」

「餐廳停電了？需要我這個大燈泡去照明？」

顏鍾書再邀請她，連蜜桃也有份。我在一旁看着，非常欣賞他的大方。他令我覺得自己是值得如此愛護遷就的女人，我還有甚麼可以不滿足。

我們四人吃飯後，蜜桃提議到蘭桂坊飲酒。

「今晚要不醉無歸！」蜜桃舉手大聲宣佈。

我不知道為何蜜桃那麼喜歡醉酒的感覺。「不要喝太多，明天還要上班。」

象腿小姐豪氣萬丈地說：「沒關係！我陪你喝。」

我傻了眼，連象腿小姐也陪她瘋啊。但她還有甚麼理由需要醉掉？

她們要了一排試管，我只喝了一支，蜜瓜味道的烈酒立刻灼痛喉嚨。她們兩個卻像在喝開水的灌下喉嚨。

「她們兩個平日不是這樣的。」我告訴顏鍾書。

他好脾氣的笑。

「顏鍾書，你甚麼時候讓我們見識你的求婚鑽戒？」蜜桃問。

「我不做沒把握的事情。」

「葉謹是嫁定你啦！」

「她告訴你？」他望着我問蜜桃。

象腿小姐插嘴：「有甚麼女人能夠拒絕你？你是所有女人的 Mr Right。」

顏鍾書攬着我的肩，「才不，她就拒絕過我。」

蜜桃和象腿小姐一同笑，滿以為他講笑。

我藉詞上洗手間，找到一個寧靜的角落，拿出手機猶豫是否該回覆小新的電話。猶豫，是因為剛剛顏鍾書才篤定地在我的同事前認定我，我轉過頭就去找舊情人。

顏鍾書不信任我是正確的，我是個把持不住的人。原來，我想要大量的愛，我根本不想選擇，我甚麼都想要。

「姐，你怎麼在這裏發呆？」

一個熟悉的身影從男廁走出來，是阿慎，真是冤家路窄。

「甚麼時候了，你還在酒吧！」

「不要當我小孩子。」阿慎說：「喂，為甚麼不回我電話？」

「甚麼電話？」

「我今天打過電話到你公司找你。」

「是你？」

「你有幾多個弟弟？」

我的心往下沉。把手機擲回手袋裏，我問：「找我甚麼事？」

「我有朋友想買 Ipres 的飾物，你有員工價嘛。」

「明天再告訴我款式。我跟朋友在一起，不和你談了，早點回家。」

阿慎不懷好意的問：「你的朋友在哪裏？」

他死跟着我回到顏鍾書他們的角落。象腿小姐和蜜桃見到我這個長得像韓星的弟弟，表現得甚為驚艷。

口沒遮攔的蜜桃説：「我見過你哥呢！」

阿慎愕然地笑，「我沒有哥哥。」

「也難怪你不認他，他長相和你差遠矣。小新不是你哥嗎？」

我偷看顏鍾書，豈料和他的目光碰個正着，我連忙別過臉。

阿慎亮出完美的牙齒，輕鬆替我完謊：「哦，他是我表哥。」

蜜桃非常滿意這個答案，沒有追問，站起來到阿慎身邊一比，驚訝地說：「我真的只到了你腋窩下，你就是那個六呎高的弟弟！」

阿慎垂眼看密桃：「必須告訴你一個好消息，我沒有臭狐。」

「真的嗎？」

「醫好了！」阿慎就是愛撩妹：「我也沒有『手術成功了，病人死去了』哦！」

蜜桃嗔拍着阿慎的胸膛，不讓他離座，兩人整晚就像蒼蠅和甜醬般的黏着彼此。

我揉揉額角，顏鍾書細心的問：「累了？」

「她們還要耗很久吧。」我看着招手再叫酒的蜜桃。

「我先送你回去。」

「你先回家吧！不用理會我們。」蜜桃的臉頰紅得快發燙冒煙，她傻笑問阿慎，「你駕車嗎？」

「電單車。」

「嘩，我還沒有坐過電單車呢！等一會帶我去兜風！」

阿慎一口答應：「好啊！」

我嚇傻：「你醉成這樣——」

顏鍾書卻在這時間開口：「由他們吧。」

「對啊！阿慎滿十八歲了，姐，你不用怕他吃掉我啊！」蜜桃說，我不置可否。

我是怕蜜桃吃了阿慎。

顏鍾書送我回家時，我心不在焉，滿腦都是小新。原來，今天不是他找我。我瘋狂的想念他，如果可能的話，我現在就跳下車跑到他家樓下，我想從他的臉上，看到他還眷戀我的表情。

車子停在紅燈前，我沒有焦點的直望。

耳朵忽然一陣癢，我被驚動的猛然轉頭，顏鍾書正伸手碰我的珍珠耳環。我過敏的反應嚇他一下，我抱歉的笑說：「對不起，我正在想別的事情。」

「我知道。我就在想你甚麼時候回來。」

「我一直都在這裏呀。你駕着車，我可以逃到那裏？」

顏鍾書不被說服的笑笑，轉頭隨綠燈啟動車子。他好像在說：你會逃到我捉不住你的地方。

「我逃，但我會回來的。」我說。

他冷靜告訴我：「你要知道。有一次你回來時，我可能已經不在。」

我不敢看他。我相信他說得出做得到。即使他現在如何愛我，有一天他決定放手的話，他可以用一個星期平伏過來，而且他將會徹底的忘記我。

其他男人我不知道，但我知道顏鍾書就是可以。

他是那樣出色、堅強、自信，沒有我他不會死掉，他會絕情地保護自己。不要奢望一個出色的男人會為你要生要死，為你要生要死的男人也不代表他們比較愛你，他只是接受不了被遺棄的事實。

對着顏鍾書這樣一個男人，我要甚麼手段也像小孩子的把戲吧？他遲早會發掘出真相來。

也許，我這是自掘墳墓，但寧願讓他知道真相。就讓他來決定我是不是他想要的人。我們都害怕承擔決定的後果，就算是自己要不要繼續愛這個人的決定，也最好由對方拿主意。

如果他不接受，我可以說，是你不要愛我的。我的內疚彷彿可以減輕一點。

又或者，我們都上床了，我至少應該讓他知道我是甚麼樣的人。他亦會認為我欠他一個坦白吧？

「剛才蜜桃說的小新是——」

顏鍾書打斷我。「我知道。」

「我以前和他……」

「我知道。」他說：「那個DJ小新，我在大一那年，已從你口中聽說過他了。」

「嗯，他一直是我的男朋友，我倆十年了。」我看着他的側臉，「我抽煙的，你知道嗎？」

他沒有看我。「我知道。戒掉它吧。」

我沒有再作聲。顏鍾書比我想像的更聰明，無論是做人還是戀愛。

戒掉它吧，我是跟自己說。對身體不好。不管是抽煙還是多心的感情生活。

和小新已有三個月沒聯絡。

自從東京半夜的來電後，他再沒有找我。我盡量抑壓凌晨二時扭開收音機的好奇心，我不想聽到他還是快快樂樂的活着。我想我真是心理不平衡。

顏鍾書第一次請我到他家。步進他跑馬地的公寓，我呆掉，「好整齊！整齊得像示範單位！」

「因為一個人住，而且在公司的時間，比起在家中多上一倍，沒機會把家弄亂。」他說。

淺灰色的沙發，藍色的牆壁，磨沙玻璃面的飯桌，銀色的架櫃，CD 有條不紊的排列，我趨近雙手放在背後細看，都是歌劇和輕音樂，「還跟英文字母順序排列呢！」

他好像聽到一句前所未聞的讚嘆，理所當然的反問：「否則要找某隻 CD 的時候怎找得到？」

我笑。他用這方法活了三十年，自然不覺得那有甚麼出奇。

「要參觀一下我的睡房嗎？」顏鍾書問。

我古惑的睨他一眼，顏鍾書側側頭詢問我這表情的含意，我唯有笑着搖頭。

床鋪收拾得無懈可擊，被單蓋住枕頭和床套，連一點起伏不平都沒有。睡房裏沒甚麼雜物，遙控器放好在電視機旁，床頭几上是一本名人自傳。

我想起以前和小新的家。小新最愛「收集」雜誌，在床邊堆成數大疊，有些可追溯到八年前，每次我說不如把它們丟掉吧，小新都阻止我說那些雜誌裏「可能」有他想要的資料，他「下星期」就會把它們一次過看完。比較這裏，小新的家像垃圾站。

「看過你家，我不敢邀請你上我家作客了！」

「為甚麼？」

「我想我請假一個星期不眠不休的收拾，也不可能把房間整理得像你家整齊。」

顏鍾書環顧一下，「我倒覺得我的房子嚴重缺乏人氣。」

他問我要不要喝點甚麼，我說不用客氣，他真是個有教養的人，我想我永遠無法適應。在家裏，阿慎總是呼呼喝喝：「喂，拿罐可樂給我！」「你沒有腳嗎？」我會毫不留情的說。

坐了一會，顏鍾書提議我們外出吃飯。

「不如由我來煮？」我說。

他瞪大眼，「你會煮菜？」

「別小看我了！」

我打開那個比我還要高的巨大雪櫃，顏鍾書沒説謊，他一定真的很少在家。我用僅有的物資做了粟米午餐肉粒、番茄炒蛋和雜菜湯。

「下次有多點材料，我可以做一頓比較像樣的晚飯。」我說。

他從飯碗裏抬起頭，「不，這已經太好吃。」

他吃得津津有味，我微笑端詳着他的食相。和在高級餐廳裏用膳時很不一樣。

收拾碗筷後我在廚房清洗，忽然，顏鍾書從後抱着我，把頭埋到我的頸後。

「我滿身都是油煙味。」我説。

「我喜歡這個味道。」他吻我一下，「今晚不要走？」

我想一想，點點頭。

原來無論出色還是潦倒的男人，找尋的那個心目中的女人，都是同一個模樣。女人太努力做到百戰不殆、精明幹練，男人還是最欣賞你的卻是兩餸一湯。男人要的 Miss Right，比女人找的 Mr Right 簡單得多。

我忽然想，究竟以前是我要求小新太多，令他覺得愛得吃力，還是他給我的太少，叫我覺得入不敷支？

過去也不是沒有人追求過我，我都對他們提不起興趣，認為男人都是一樣的。和一個又一個男人把拍拖的過程由頭到尾重演一次，到最後還是會走到跟當時和小新一樣的相處狀態吧，我覺得那叫浪費生命。

我和顏鍾書是在重演一齣我已經演過的戲嗎？我不知道。也許我可嘗試另一種演繹方式，把這齣戲演一個 happy ending。

我只擔心我並沒有當女主角的天份。

我和蜜桃出席新設計的發佈會前，到日本料理吃午飯。

看着她的臉孔，我眉頭緊皺的說：「你千萬不要再吃天婦羅，天啊，怎麼可能一次過生三粒大暗瘡？」

她沮喪的用手指揉揉額頭，連忙又縮手，怕令眉角的暗瘡進一步惡化。

蜜桃苦笑告訴我，她又和小男生戀愛了。

「他令你返老還童，再生出青春痘來？」

她拼命喝着綠茶，「他喜歡吃 Pizza Hut。」

我幸災樂禍的笑，小男生無論家裏多有錢，也不懂帶你去吃法國日本意大利料理，他心目中的「高級餐廳」叫 Pizza Hut。

我可以想像，小男生一坐下就豪氣的叫一個四人餐，蒜茸包、厚底薄餅、焗芝士肉醬意粉、一公升可樂……蜜桃回家吃半瓶牛黃解毒片也阻不了來勢洶洶的暗瘡。

「你跟他說不吃 Pizza Hut 不就可以？」

「他很野蠻，是不會接受『不』這個答案的，我說不他就答『由我來付錢，你擔心甚麼？』」

但我看得出蜜桃口裏抱怨但甘之如飴的語氣：「聽起來是個不錯的男人呢。」

「不如明晚我們來個四人約會？去看電影？」

「你和小男生拍拖也就算了，別連自己都變成了小女孩好不好！四人約會，這是甚麼小孩子玩意。」

「我想聽聽你的意見。」蜜桃哀求。

「我肯定顏鍾書不會跟你一起瘋。」

怎料，顏鍾書輕鬆答應：「好啊，我也很久沒去戲院看電影了。」

「我不知道為甚麼我要去認識蜜桃的小男友，他們通常都只有兩個月壽命。」

「我倒覺得，好像在看兩套愛情電影，在光影裏和現實裏的。」

到了戲院，我終於明白蜜桃提出四人約會的原因。

蜜桃拖着的小男友，是阿慎。

我的面色一定非常非常難看，因為面不改容的顏鍾書對我小聲地說：「別這樣，笑一下吧。」

那一刻我非常討厭蜜桃，並非因為我疼錫我的親弟弟，不想他被專吸少男精華養生的女妖剝削。我從來不覺得阿慎是善男信女，要騙他不是那麼容易。真相就是，蜜桃不負責任的戀愛方式，侮辱了每一次都十分認真地和男人發展的我。我在她面前，像一個上體育課時太嚴肅地玩球賽的古怪好學生，別人在嬉嬉哈哈的敷衍了事，我卻搏了老命去搶分。

入場前我上洗手間，蜜桃刻意嚷着跟我一起去，我知道她想藉機探我的口風，我後悔答應了這個四人行，我不會逃得過她的纏擾。

蜜桃一踏進女廁就問：「你很惱我，是不是？」

她到底是假的聰明還是真的笨？

「沒有。」我說謊。

「只是拍拍拖，我又不是下星期要和他結婚。」

我強笑，「當然了。」

蜜桃看着我，「你真的惱我啊。」

既如此，我就來狠的：「惱，只因我老是覺得你在浪費時間。你和我年紀都不輕了，轉眼就會三十歲，選擇只會愈來愈少，難道你希望四十歲也在陪少男逛模型店和去街邊串魚蛋燒賣？」

蜜桃不作聲了，給我擊中要害吧。

「我出去了。」她說。

我扭開水龍頭，「我還要補一補妝。」

蜜桃識趣地離場。偷望她的背影，我在想我是不是對我弟弟的女朋友太兇了。就在這時候，背後的廁格打開來，步出了一個撮染紅髮的少女，我怔然的瞪視着她，根本來不及若無其事的全身而退。

地球那麼大，為甚麼要在我心情惡劣的時候，再碰上我最不想見到的人？

柏樂芝從大鏡中認出了我，衝我來：「你們女人特別愛在廁所談心，我從來都不明白原因何在呢。」

我沉住氣，收拾手袋轉身。

「小新在外面，你要不要和他打個招呼？」

看着這位意氣風發的少女，「我想沒必要了。」

「也好，我搬進去和他同居了。我想你們沒有需要保持聯絡。」

我吸口氣説：「所以你便以為你贏出，對不對？」

她仰起了臉，「需要説得那樣明白嗎？你根本不懂欣賞他，他覺得和你一起很大壓力。」

「是我選擇搬走的。之後誰選擇搬進去，我已經不關心。」我必須搶回上風。

柏樂芝冷笑，「我不明白你為甚麼口口聲聲都是『選擇』。如果你喜歡一個人就不用『選擇』跟他一起，如果你不喜歡他了，就沒有所謂『選擇』離開吧。」

「小女孩的想法的確比較簡單。」我説。「我的朋友在外面等我，你自便。」

「你留在他家裏的東西都不要了吧？我們想裝修，丟掉沒關係？」

我心頭一酸。

「隨便。」

步出戲院大堂，我不讓自己的眼睛尋找小新的身影。顏鍾書體貼地遞上了樽裝綠茶。蜜桃戒備的望着我，但我沒向她投以任何帶有情緒的眼光。

「進場了。」我的手穿過顏鍾書的臂彎。

柏樂芝還是個沒長大的女孩，和她吵嘴，實在是幼稚的行為。

女人二十五歲後才會想到「選擇」的重要性。十多歲時是不用考慮的年紀，我們當時的所有行為都是決斷的，愛就是愛、不愛就是不愛，完全沒有選擇的餘地。

我十六歲時，從來不覺得和一個我愛的人一起，會有不快樂的可能。

但事實是，你愛的人並不一定可以給你快樂。

現在的我需要「選擇」，我需要為自己的快樂而選擇。我要想這個男人會不會養得起我，會不會對我好，我想不想他做我將來的孩子的父親而選擇。

小新是注定會在這個關口出局的。

眷戀一個人的氣味和體溫，只會讓你失眠。適合你的男人是用腦袋而不是靠感覺去選擇的。

若是這番話給柏樂芝聽到的話，該會露出她那少女式的專橫冷笑吧。

到底，我在小新家遺下了多少東西？

走得太突然，我有很多衣服沒有拿走，都是冬天的大衣。衣服可以再買，唯獨是一件泥黃色的 Helmut Lang 大衣，我很捨不得。是小新數年前在 IT 買給我的，減至四折也要價二千七百元，由於十分喜歡，試過天氣雖然跌至十一度，我仍固執地抵着冷照穿上班。

有很多小說散文，但擁有權不清。我發現一本有趣的書便會叫小新揭揭看，到最後是誰決定買，誰付的錢，現在大都想不起來了。小新喜歡看書，我們常常逛書店，他是那種看了兩行覺得喜歡就買下來的人，買回去卻多數不會由頭到尾看一次。

客廳六十年代設計的黃色時鐘是我買的。枕頭套和被單是我喜歡的牌子，一套要一千多元，小新說我是瘋了，我卻辯說人生三分一時間花在床上，不可以太吝嗇。還有電腦的滑鼠墊、泰國水族館的紀念水杯、我們的照相簿、儲滿我們看過的電影票尾的剪貼簿、我過去三年的信用卡月結單……

都不是一些沒有了就活不下去的必需品吧。

任何一段壽命稍長的感情，都會冗積很多唯一的價值就是回憶的雜物。我們珍而重之的回憶，看清楚只是零碎的雜物。我過去十年就是一條由這些雜物鋪成的凹凸不平的小路吧。

如何刻意經營的愛情，也不過像一間街口的雜貨店。

然而，時間長的戀愛還是有它的價值，放棄它的時候像自己白活了十年。也許，這就是很多人拖着苟且存活的感情的原因，你盡力想說服自己沒有選擇錯誤。

我佩服那些每年大掃除可以決斷地丟掉東西的人。家庭雜誌說，任何你兩年裏沒有穿過的衣服，都應該棄掉。我從來都辦不到，總覺得有一天會忽然再想穿上它。

這一次，我竟然做到了。

我告訴顏鍾書我想找房子搬出去住，父親康復得七七八八，我快受不了母親每天的疲勞轟炸。滿以為他會提出我搬去跟他同居，但他沒有，只是叫秘書邱靈介紹老實可靠的地產經紀陪我睇樓。

我慶幸顏鍾書沒有同居的要求，我沒有和他同住的心理準備。當然，我更不希望像一件不停轉運的淘寶貨，由一個男人的家搬進另一個。

還有，因為看完電影那夜的第二天，我收到了一封電郵。

是小新傳來的。

我盯着寄件者的名字，愣了兩秒鐘，急急打開郵件。

「昨天在電影院我好像看見你。那個是你嗎？你看來很快樂。《一個人的旅程》好看嗎？有時間我也想去看。」

他突然寄電郵來是甚麼目的？是想我回覆他吧。是想試探我嗎？

我沒有回覆。我不知道寫甚麼，用甚麼措詞，當日沒有立刻回覆，後來覺得隔了數天才回覆的話很奇怪，那封電郵就一直存在我的收件框裏。

那夜我沒有睡，準時收聽小新的電台節目。

聽到他久違的聲音，一切便彷彿回到眼前。他選播英國創作歌手 Dido 的歌曲：

我沒有聽到你離去，我不知道為甚麼我還在這裏

我不要移動任何一件東西，這或許會改變我的回憶

我不要找我的朋友，他們會把我從這夢中弄醒

我不能離去，我不能睡，我不能呼吸，直至你躺在我身邊……

——他知道我在聽嗎？

儘管我已經拿不回、觸不到和小新一起擁有的物件，我還是擺脱不了它們的牽絆。

阿慎問我可否用員工價替他在 Ipres 買一條項鏈。

我冷冷說：「你問蜜桃不就可以？」

「怎麼可以？我就是買來送給她啊。」

「你有收入嗎？學人買首飾給女人。蜜桃她買條鑽石狗帶縛着你就差不多。」

「姐，愛情是要用小禮物來經營和維持的。」阿慎煞有介事的說。

「不要在我面前班門弄斧。」

阿慎攤回沙發上開啟電視機，是他愛看的《Survivor》（《生還者》），幼稚。他轉過頭嘲笑說：「你只拍過兩次拖，是誰在班門弄斧？」

新屋入伙，顏鍾書說要送我智能電視機做禮物。我說不用，「你送我的禮物已經多到我數不清了。」

請假半天在新的家裏收拾，門鈴響起，是少有穿着運動裝的顏鍾書。

「我來幫你執拾。你不會連這也拒絕我吧？」他站在門外笑。

我撲上他擁抱。顏鍾書拍拍我的頭，好像哄小孩的動作，「你別太愛逞強，接受喜歡你的人的好意，有甚麼關係？」

我不知道為甚麼我抗拒他的好意。我彷彿害怕這間新房子會有太多顏鍾書的痕跡，我和他會愈來愈分不開。他光明磊落的愛着我，我卻怕辜負了他，更怕我沒辦法以百分百的程度去愛他。他待我愈好，我就愈會想起我連小新給我的一封電郵都捨不得刪掉。

這種幸福，叫我像看着一顆價值連城的鑽石，怕伸手碰會刮花它，我賠不起。

我希望他少愛我一點，否則我會窒息的。我沒辦法用同等份量去回饋他。

顏鍾書顯然不是做慣家務的人，大部份時間都是我在收拾打掃，他熱心替我搬重物，黃昏時他坐在沙發上，睏得打瞌睡。

我從冰箱拿出一罐不夠冰的可樂給他，他連忙坐直接過。我在他身旁坐下，「謝謝你。」

「我沒有幫到甚麼忙。」

「如果那時我說想搬進你家，你會答應嗎？」

他聳聳肩，「當然可以。」

「為甚麼你不問？」

「你說想找房子，我以為你想獨居。」

「不覺得我這個決定冷落了你？」

「戀愛不是要每時每刻都得見着對方，我尊重你有私人空間。」

「其實我討厭私人空間，我討厭一個人。」我說。

他的神情有點意外。

「那為甚麼你不要和我住在一起？」

我喝了一口他的可樂，「我想克服一切我討厭的事情。我想學習喜歡一些我本來抗拒的東西。」

「有這個需要？」

我點點頭。

「不管如何，我隨時歡迎你搬進我的家。」顏鍾書吻我的額。

「再等一會。」

「好的，我們一步一步來，我相信有一天你會走到我家門的。」他溫柔的握着我的手。

我很感動，主動吻顏鍾書。顏鍾書握過汽水罐的雙手觸到我皮膚時，我冷得發顫，緊緊的抱着他。我想用身體來回饋他對我的體貼，期望這樣我能夠愛他多一點，能夠懷疑自己的心減少一些。

我們躺在窄小的沙發上，我指着窗外兩幢大廈之間的縫隙。「你的地產經紀說，新年放煙花時，可從這裏看到一點點。」

「我家裏可以看到維港全景。」

「只看到這一點點就足夠了。」我問：「你會陪我嗎？雖然只能看到那一點點煙花。」

「我們一起從這裏看。」他攬着我的腰。

慢慢的經營，我某天一定會完完全全地愛上顏鍾書。

銅鑼灣分店發生了鑽石失竊案，當值的女售貨員被辭退。

「咦？我沒看到新聞。」

蜜桃說：「只是不見了一顆鑽石戒指，當然不會上港聞頭條。」

「是甚麼樣的戒指？」

「中價貨色。」蜜桃隨手從案頭拿出Ipres的目錄，揭開一頁給我看。是方形切割、款式非常簡單的鑽戒。

「女售貨員承認是她偷的？」

「打死不認。閉路電視甚麼也沒拍到，相信是一宗懸案吧。」

「公司就這樣把她辭掉？」

「長年累月累積的信心，只要一次不忠就可以被否定得乾乾淨淨了。公司立場也清晰啊，幹嗎要留住一個他們懷疑的員工？」

「太不近人情了。」

「萬一真是她偷的，你對她寬宏大量，她會感謝你嗎？只會躲在一角偷笑。」

我冷不防放一箭，「你對男人都是這樣決絕嗎？」

蜜桃有點無奈，「當然！我只接受一對一的關係。我的床很大，但不代表我想三個人擠進去啊。」

我取笑她，「明白了，你的戀愛就是無數一對一的關係。」

「我還沒有找到讓我想安定下來的男人，或者我根來還不想定下來！我只想別人逗我開心，我才不想含辛茹苦地經營一段感情。總之我對得住自己，也要求別人對得起我，他要試別的女人，我不會挽留，這世界俊男多的是，我還是很有市場的。」

太妙了，蜜桃擁有天真的自信，難怪她和阿慎走在一起。

我稍微地提醒她：「當你找到一個你喜歡的人，你就會委曲求全。」

「我是永遠不會委屈自己的。」

「小心，阿慎自小就很有女人緣。」

她自負的說：「他擁有了我這副鑽石般完美的身體，還會對發育未完成的少女產生興趣啊？」

「你們已經……」我不能想像我弟弟裸着身體在床上揮汗的模樣。

「你以為我們每天都是去 Pizza Hut 吃雙重芝士海洋批？如果愛情是需要經營的話，就是用性來維繫，做一次比起你促膝談心半天，更能拉近兩個人的親密程度呢。你和顏鍾書多久做一次？」

我板着臉，「我才不會告訴你。」

蜜桃姦淫的笑，「別餓壞了他。」

星期六的下午，我在公司接待一個城中名媛。

她是熟客，每次都一個人來，氣派十足的要我們把最新最好的貨色拿出來給她過目。

她看中了一條心形切割的鑽石項鏈，每顆鑽石都切割成可以看到六個心形，那是最浪費的切割方法。

擁有太多的人會麻木，必須用浪費來刺激和提醒自己有多幸福。乘搭地鐵時看到那些對男友呼喝撒野的女人，不是不知道自己幸福，她只是用這方式來體驗愛情。當男人被她折磨侮辱，仍然不離不棄的爬回來請她再摑一巴掌，她就覺得這個男人真愛我。

拿捏不好的，就會在自己發現前，先把感情磨蝕耗盡而已。

名媛撥出一通手機，「我正在買首飾⋯⋯唔，晚一點就回家。你要應酬？我叫傭人煲湯你回來時喝。」

她掛線，告訴我她買下那條項鏈。她薄薄的嘴唇微笑，「我喜歡甚麼我老公都買給我。」

我客套說：「他對你真好。」

「他真的對我很好！」我覺得她在說服自己：「他從來不過問我簽他的附屬卡簽了多少，日久見人心，對你慷慨的男人才是可靠的男人。」

因為售出了這條放在櫃窗內長達七年的鑽石項鏈，每位員工都分得接近五位數字的豐厚佣金，所以我故作從她身上發現愛情的真理，欣賞地微笑點頭。

用錢來經營一段感情，其實十分化算，因為你至少可以計算得到自己付出了多少。

如果慷慨就是可靠的話，顏鍾書是一個非常可靠的男人吧。

他週日要飛英國，我接待完名媛，心血來潮跑到他家。買了一點食物，打算給他做一頓飯，然後幫他收拾行李，作為他替我搬新屋的回禮。

我正想按門鈴的時候，大門突然打開，和我打個照臉的，是顏鍾書的秘書邱靈。她手裏也有一個膠袋，是垃圾袋，她穿着粉藍色的拖鞋，剛要出外丟垃圾。

我看着她腳上的拖鞋，那並不是客人來訪時，隨便給她穿的款式。

顏鍾書出現在邱靈身後，他穿着輕便的T恤和及膝短褲。他見到我非常意外。我知道我應該先來電，只是我想也沒想過，會是其貌不揚的邱靈。

面上沒有化妝的邱靈，神色顯得蒼白慌張。

我綻開了太過愉快的笑容，舉起手中的膠袋。「我買了食物。」

顏鍾書說：「邱靈來幫我收拾明天的行李。」

「當然了，邱靈是一位不可多得的好秘書。邱靈，要不要留下來吃晚飯？」說這話時，我嗅到廚房傳來的飯香。

「我見顏先生一個人住，今晚還要趕文件，順便替他做個簡單的晚飯。」邱靈也好像迅速鎮定下來，有條理地解釋：「你們兩個吃吧，我差不多應該走了。我……要回家吃飯。」

我步進廚房，打開電飯煲，「煮了這麼多飯，你留下來一起吃吧。」

邱靈連忙走到我身邊，瞥見我繃緊了的臉，說：「顏先生說他很餓，所以我放多了米。」

「呵。」

「我真的要走了。」邱靈從飯桌找到她的手袋，無論她的動作如何快速，我還是看到她把一條長裙塞進袋子裏。她是上顏鍾書的家後才換上這身街坊裝的。

她在我身邊走過，沒有望我一眼。

「再見。」我說。

「我送你下去。」顏鍾書叫住她。

「不用了。」邱靈強笑，我看到她的眼睛紅了。

那刻我真想大笑。我作了甚麼孽？我好像竟然變了欺負人的那一位！

顏鍾書堅持要送邱靈。我獨自坐在沙發上，將手中的餸菜擱在腳邊。下一步，該怎樣做？

我的頭生硬的轉向飯桌，上面有顏鍾書的手提電腦和文件，我的腦裏閃過我憤而把它們都掃到地上的景象。我看到我自己在嚎吼，用全力的推開他，火力全開的罵他是騙子。我彷彿掉進了另一個時空，看到歇斯底里的自己。

然後我看到那夜，質問小新有沒有和柏樂芝上過床的我。

面容扭曲，眼淚滿臉，頭髮散亂，多麼醜陋的我。

顏鍾書五分鐘之後回來了，我知道他盡了力在最短的時間安撫邱靈然後趕回來。我看着他的臉，像看着街上的任何一個男人。

男人都是一樣的。男人都和女人一樣。擁有了一顆鑽石戒指，心裏盤算的就是甚麼時候買下一枚。

我不讓他先開口，我說：「我買了牛扒。」

顏鍾書凝視着我。

我笑得更燦爛了，「你喜歡幾成熟？六成？」

他像看不穿我心事的端詳着我，有些事情適宜心照不宣，只是他沒料到我可做到。我也沒有。

「五成。」

我站起身走到廚房。切洋蔥的時候我也沒有哭，眼睛乾乾的，像被切斷了淚腺。原來，這就是我保護自己的方法。用一層又一層的防火防水膠布，把自己纏成一具木乃伊。埃及人和我都相信，這樣便能把自己保存到永遠，不受任何傷害，捍衛生存的尊嚴；數千年後，依然金碧輝煌的外殼裏，只剩下乾涸的骸骨、萎縮而不再跳動的心臟（嗯，聽說埃及人製木乃伊時連內臟都先挖清光），是我們始料不及的事吧。

我看 Discovery Channel 的埃及古墓紀錄片，神情仍然驕傲軒然的帝王木乃伊，被考古學家打開的一刻，我就覺得他們好可悲。

對男人不抱期望，對他的行為一副毫不詫異面不改容的我，其實只是灌進了一瓶又一瓶的防腐劑吧。

我們安靜的吃完這一頓晚飯，安靜的收拾碗筷，他送我到樓下乘的士，關門的一刻他欲語還休，我用笑容制止他，「再見！到英國一路順風。」

我着司機把的士駛到西貢。

站在大廈門外，我抬頭心算小新住處的層數。燈還亮着。他在做甚麼呢？還有一兩個小時就要到電台上班吧？我沒有打算找他，沒有打算讓他知道我來了，我想靜靜看着他家亮着的燈。

原來，背叛別人和遭別人背叛的，都不會遭到天譴，我們也會一直活下去。

我爸以前風光時，最常說的一句話：沒有人是不可取替的，no one is indispensable。我卻沒想過，這句話也應驗在我身上。雖然，我可以隨時換掉別人，別人也可以隨時換掉我。

差不多每一戶都亮着燈，他們都有依偎的人，他們都有回家的理由。我以為我找到了依偎的肩膊，卻沒有留意到人有左右兩邊肩。

想到小新的、我的、顏鍾書的，各自的背叛，我是罪有應得。我苦心經營的，只不過是幸福的空殼，因為我也沒有衷心的讓別人幸福過。

雙腳忽然無力，我蹲下來，不能自控的痛哭。

我希望可以修得名媛的道行，即使丈夫冷落她，只拋下一張附屬卡跟她消遣度日，她還是可以自得其樂的買鑽石，可以對着陌生人無恥的說：「我老公很愛我。」

以為自己不在乎了，男人是否愛我一個、沒回家的晚上跟誰睡、說愛我的時候是否說謊，我以為那都再也不能影響我的情緒。原來不然，原來我還想要愛情，很多很多，唯一的、不二的愛情。

大廈閘門突然打開來，我想閃避也已來不及，跑出來的竟然是蔣冰鎮。

「我從窗前望到的好像是你的身影，便跑下來看看。葉謹，你沒事吧？」

我搖頭，也沒有握住他伸向我、想把我扶起的大手，只是第一時間問：「小新有沒有看到我？」

「我說自己下樓買啤酒，沒告訴他。」

「不要告訴他。」

「你來這裏幹嗎？」

我逕自站起來，「我不知道。」

蔣冰鎮縮回手，凝視着胡亂抹乾淚水的我，好像束手無策。「街上不安全，你別這樣。」

「為甚麼？對身體不好嗎，蔣醫生？」

他嘆口氣，「像你這樣戀愛，真的會對身體不好。」

「你看不起我啊？」我苦笑。

「沒有。」

「你是看不起我。我已經沒有一腳踏兩船，船都沉掉了，為甚麼你還討厭我？我只是來看看他的燈光而已，我看完就走，不會妨礙他和柏樂芝。」

蔣冰鎮又用看着垂死病人的目光看我，「你以為她對小新很重要？」

「最後留下的，就是勝利者。」

他抬頭看大廈，「你知不知道顏鍾書找過小新？」

我怔然的瞪大眼盯着他。

原來，顏鍾書找過小新呵。

有兩個男人為了我而談判，女人的虛榮心不禁作祟，我暗地沾沾自喜，驚訝於有這種事在我不知情之下發生了。

我追問：「是甚麼時候的事？」

「你剛搬離小新家後不久。」蔣冰鎮說。

顏鍾書詢問小新和我的關係，叫小新知難而退。顏鍾書自信唯有他才可以給我生活的保證。小新也沒退縮，說一切該由我作選擇。

我不能置信，「但柏樂芝……」

「小新只是個未受過太多誘惑的男人。他還是個孩子，也有把持不定的時候，其實他最放不下的是你。」

「他說的？」

「嗯。」

「我等不及他長大。」

「也許他已經後悔了？你堅決不回頭？」

我疲倦的聳聳肩，「你們做醫生的都有潔癖，一定看不過眼我們這些混濁不堪的關係吧。」

「做手術前，我們規定要在洗手池前洗手滿五分鐘，慣了，也就不知道能否稱之為潔癖。」蔣冰鎮說話真吝嗇，旋即便回到正題：「你選定一個，然後把雜質都過濾掉吧。」

我點點頭，浪蕩的笑說：「回不到頭了。我已經是顏鍾書的女人，我不知道該如何用這副身體這個心，再回到小新的身邊。」

他好像看着一本艱深的手術課本，皺着眉苦苦思索一會：「或者，你們兩個都只是錯駛進了小路，兜一圈後可以一起回到大道上？」

我笑：「蔣先生，其實你是個好人，也是小新不可多得的朋友。縱使你不欣賞我這種女人，還是會客觀中肯的給我意見，並且稍微地偏幫我這一方。」

蔣冰鎮苦笑，這時他的手機響起，他答：「知道了，哪個牌子的啤酒有特價就買那個……你還要芝士球？我看看便利店裏有沒有。」

他掛線，我問：「小新？」他點頭。

「我走了。請不要告訴他你見過我。」

「如果他知道你來過，他會很高興。」

「一時的高興，然後我們又該如何走下去呢？」

「你和顏鍾書怎樣了？」

「男人都是一樣的。我的問題是，我永遠找上我不能駕馭的男人。」

蔣冰鎮拍拍我的頭，好像要給我一點安慰。我受寵若驚，他也發覺自己的唐突，飛快便縮回了手。他的手指長纖，真是一對適合做手術的手，碰上女人的肌膚，卻嫌觸感過分敏銳。

他轉身替我在路邊截了計程車，「別想太多，回家好好睡一覺。」

我坐進車裏，並沒有回頭向他揮手道別。

我的有薪假期積存了十多天，我向象腿小姐請了三天假。

「你去英國找顏鍾書？」她理所當然地猜問。

「不，只是想給自己放一個假。」

象腿小姐不解的看着我。她從來不相信人需要假期，即使她放假，她也會把「假期」排得滿滿。我初入職時很崇拜象腿小姐一生懸命似的拼勁，但我現在明白做人不要太「用力」。即使盡了全力也不代表你會得到你想要的東西。得到了，你又會發覺你一直爭取的，原來根本不是你想要的。

我在公司走廊碰上邱靈。她不看我匆匆的擦肩而過。我回頭望她，她還是一貫的樸素打扮，裙子太長、外套顏色不配，走路的時候腳跟不離地，經過的同事都不會看她一眼，甚至沒有察覺她的存在。

如此沒有殺傷力的女人，眾人最無視的同事，竟是顏鍾書的秘密情人。

我再也沒有憤怒，只覺得她可憐。她跟顏鍾書一起多久了？和像顏鍾書的男人一起，每天都活在失去他的惶恐之中吧。就算顏鍾書公然和我戀愛，她都不敢哼一聲，用無比的耐力照樣替他做飯熨衣服。

這樣卑微的愛一個人，我自問做不到。

她令我想起電影裏不作一聲呵護着兒子的母親，無論顏鍾書做了甚麼大奸大惡的事，她都等他回來，只為了要姑息他，抱着他的頭安慰。

可惜，儘管她多愛顏鍾書，他都不會買她一顆鑽石。她只是缺了一塊的話會覺得若有所失的地板瓷磚。

我把假期的時間都花在街上閒逛。

穿着輕便的球鞋和棉質T恤長褲，舒服得我怕過兩天我會不習慣再披上名牌西裝。

手機響起，是顏鍾書的長途電話。

「你好嗎？」我平靜的説。

「這裏很冷。」

「多穿點衣服。」

「你在街上？」

「嗯，這幾天放假。」

「你沒跟我提起。」

「臨時決定的。」

顏鍾書那邊有一陣沉默，那天在他家發生的事，還殘留在我們腦裏心照不宣，處於下風的女人愛大聲喊罵，處於下風的男人卻都愛選擇沉默。

「你想不想來倫敦？我可以叫……我可以替你安排機票。」

「不用了。」

「我下星期六回來。」

「嗯。」

「會見到你嗎？下星期六。」

我誠實的說：「不知道。下星期六，是很多天後的事情。」

又一陣沉默。我們將來會有很多這樣的沉默吧。

「你在做甚麼？」他又問。

「想去看齣電影。」

「一個人？」

「有分別嗎？」

顏鍾書不是好欺負的人，他在那邊有點漠然地說：「你總會找到人陪你吧，我擔心甚麼呢。」

「對。別擔心，你還有甚麼要說嗎？」

「沒有。」

電話通話在大家情緒最壞的一刻完結。

顏鍾書一口咬定我會約會別人，我本來想回家了，受到他的話刺激，我偏要獨自一人去看電影。我要證明我並不是不甘寂寞的女人，我並不是一轉身就要找人相陪的。

坐在黝黑的電影院裏，我選了和旁邊觀眾相隔一個位置的座椅，靜候電影開始。

那是一齣寂寞的戲，女主角在陌生的城市裏蕩着，同行的朋友滔滔不絕的説着愚蠢的話，叫她索然無味。她遇上一個生命已走了一半的中年男人，找到了可能是她一生的精神伴侶。她告訴男人：「我身邊的人都認為我太刻薄。」They say I'm mean。「刻薄有甚麼不好？」男人看着她諒解的笑。他們都不了解她，她卻太想得到了解。

在黑暗中，我忽然淌下淚來。

我以為了解我的人，卻也認為我是個刻薄冷漠的人。

在這個我生活了二十多年的城市裏，此刻我感覺猶如置身一個像電影裏的陌生城市。散場的時候，我身後有人說：「這套電影好悶！」我轉頭瞄了她一眼。她真是個幸福的人。

步出電影院，天已經黑了，一天彷彿就在不知不覺間溜走。我的手機沒有關掉過，雖然我最討厭別人看電影時談電話，那些「我正在看戲，遲些再打來」的對白非常無聊，但我不想萬一顏鍾書再打電話給我，卻聽到未能接通的信息。

可是，他沒有打來。

我是無藥可救了。我連看電影時關掉手機的勇氣也沒有。

在散場的人潮中，我竟發現其中一個觀眾，是小新。

小新也看到了我。

我望向他身旁，並沒見到柏樂芝，他一個人。我們不約而同的在同一天、同一間電影院裏看了同一齣戲，也許更在同一時間被同一段情節感動吧，我覺得這一切很不可思議。

小新尷尬的垂下頭，想扮作沒看到我的離開。真是小家子氣，他怕我會吃了他？小新做不到像一個成熟男人遇上舊情人時親切問候的風度，他的反應卻令我窩心，坦率得可愛。

我故意叫住了他。

我們在尖沙咀並肩而行，沉默的不知由甚麼話題開始聊起。隔一會，我和他不約而同的開口：「你——」

「你先說。」他說。

「不，你說。」

他望向文化中心，「你記得我們在那裏看過一齣關於鑽石的紀錄片？」

回憶頃刻浮現。我笑說：「記得，看到採鑽場的一幕，我哭得好厲害。」

「我也是第一次見人看着石頭的紀錄片也會哭，嚇了我一跳，以為你突然身體不適。」

我想起那一幕，上嚬的石子傾盆瀉下，土地被鑽了可以淹滿數千人的一個大洞，場面浩大壯觀。

「掘起數嚬的泥沙，只為了一顆鑽石，難道你不覺得好感動嗎？」我說。

像愛情，數百萬人裏，你要找到獨一無二的那一個，當你在灰暗的人堆中發現閃亮亮的他時，也會感動得想哭吧。

「你就是易哭。」

我看着小新，「除了你，沒有人說我易哭的。」

「我對了你十年呀。」他說。忽然又發覺自己失言，我們都不搭腔。

我易哭，但我不容易在人前哭，這個唯有小新知道。對，畢竟我們在一起十年，十年不是太短的時間，足夠讓你了解一個人，或發現你從來沒有了解過一個人。

「你剛才想說甚麼？」他問。

「我忘了。」

「吃晚飯嗎？」

「你今晚不用回電台？」我問。

「你一定很久沒有聽我的節目啦。我現在被調去做早晨節目，解決師奶帶孩子和丈夫打鼻鼾的疑難，只有星期六才有機會做凌晨音樂節目。」

「是升職嗎？」

他苦起臉，「是殉職吧！經過我在節目中短睡半分鐘的事件，大家都不相信我可以捱夜了。」

我笑，小新的孩子臉好像愈來愈年輕，怎看也不像二十八歲。

我下令說：「我們去吃飯吧，我不吃大牌檔。」

我們跑了幾間餐廳，都滿座兼大排長龍，踱回海旁，我已經餓得失去了食慾。時間一點一滴溜走，我怕小新會提出各自打道回府，為了拖延時間，我提議乘船到對面海。

「很久沒有乘渡輪了！」

「好呀。」他爽快答應。

我們上了渡輪，坐在下層堅硬又不舒適的長椅上。我深呼吸着海面吹來的風，竟被這票價低廉的旅程填滿了本來鬱悶的心胸。瞄向小新，他眺望着對面海的大廈燈火，那一刻，我好想把頭靠到他的肩上。

但我知道，不可以了。

今晚我享受着兩口子無憂無慮的簡單約會，明天、後天，我還是會因為沒有餐廳訂位、沒有私家車代步而討厭那樣的生活。

假期總是愉快的，但當每天都是假期，就會叫人生厭。我只希望今天的假期不要那麼快完結。

到達彼岸，小新說：「現在怎樣？」

我聳聳肩。他的手機響起，我無言，他看了來電顯示一眼，把電話放回褲子的後袋。靠着海旁的圍欄，他指指相隔不遠的往來離島的碼頭，回頭問我：「不如，我們去離島一趟？」

或許，他也想把這一刻的相聚拖延下去？

來到大嶼山碼頭，跟多年前我們來的景象截然不同。多了很多特色的酒吧和餐廳，我們隨便找了一家，吃了頓豐富的海鮮晚餐。

「工作忙嗎？」小新問。

我點頭，「前陣子還到東京出差。」

「你一向很能幹。」

「才不是，迫出來的。」

他呷了口啤酒，笑說：「我也應該開始發奮了。」

「男人的黃金期比女人的長，你現在開始發奮工作也不遲。」

「有些東西是不會等待你的。」

我看着他，隨即垂下眼，「是時間不對吧，太早出現的反而捱不到最後。」

我們相對無言，那一刻，我們都不再需要言語來表達心裏的唏噓。

飯後，我們沿着通往沙灘的路散步，周圍靜得可以聽到自己的呼吸聲。

小新忽然說：「喂，要不要去看一看？」

他講中了我的心事，我笑了，用力的點頭。

我們找到多年前留宿過的度假屋，白色的外牆新髹了油漆，在夜色底下染成漂亮的藍色。因為不時有人到度假屋自殺的新聞，這種房子通常給人恐怖的感覺，但裏面有兩伙開了燈，天台還傳來年輕人在燒烤玩樂的聲音和氣味，反而令我覺得好懷念。

房東太太剛出門丟垃圾，看到在度假屋外徘徊的我倆，她圓圓的臉綻開笑容，「你們想租屋嗎？」

「二樓A租出了嗎？」小新問。

「還沒有。」

「可以進去看看嗎？」

屋內的裝潢，跟我記憶中的差不多，房東大都吝嗇花錢裝修，但很多年後，有些傢俬換過了，那張搖搖欲墜的飯桌，換了一張可以隨時轉成麻雀檯的桌子。我步進房間，睡床還是擺在同一個位置。小新站到我背後，我轉身和他近距離的打了照面，連忙側過身說：「我出露台看看。」

房東太太努力推銷：「這裏打掃得很乾淨的，退房時間是中午十二時，怎樣？租下來吧。」

「……我還想多看一會。」我說。

「多看一會？」她提高聲音。

「我們就租下來吧。」小新安撫開始覺得我們古怪的房東太太。

她拿着數百元愉快的留下鑰匙走了。大門「啪」一聲的關上，我盯着小新，他說：

「我們不用留宿的，你多看一會就走吧。」

「花費數百元，只為了多看一會啊？」

他聳聳肩的笑，「這就是長大的好處吧，讀書時總覺得數百元是大數目，現在用數百元縱容一下自己也不會破產的啦。」

「我付回你一半。」

「別傻了。」

他步出小陽台，我和他之間保持了一個身位的禮貌距離。兩人同時眺望出去黑漆漆的海，也不知可以看到甚麼，只是避免看到對方的眼睛。

「不如，這一晚就留下來吧。」我對着大海小聲的說。

我和小新在沙發上正襟危坐，這些度假屋當然沒有智能電視，所以只能看到免費電視台的節目，正播着我蠻喜歡的大衛牙擦騷，小新的英文是有限公司，他聽不懂沒有字幕的英文節目，但他以前總會陪着我看。

大家都想不到之後該做甚麼，更不想做先提出上床睡覺的那一個。再這樣下去就要轉用只有六吋的手機各自看 Youtube 和 Netflix 了吧？我沒料到氣氛會這樣忸怩，很後悔提出留下來。而且，因為顏鍾書不在港，我和小新一起，好像爭取機會偷情，我真差劣。

小新的手機再響，他看着熒幕露出為難的表情，我說：「你接聽吧。」

「對不起。」他連忙站起來，走出陽台接電話。

我雙眼望着電視，實則在偷聽他的說話。

「我在離島。」

竟然這樣誠實。

「和朋友。說出來你又不認識的。」

……

「你要來？現在已經沒有船啦。地鐵也停了。」

……

「我明早就回來，好不好？」

我站起身來，小新看着我，我用手指指上方，示意我會到天台走走。

我在做甚麼呢？天台的冷風吹醒了我。我今天只是忽然害怕孤獨，才和小新來了這裏，好不容易脫離了的關係，現在又給打亂。回去吧，找一輛計程車，兜到機場那邊再走青馬大橋，一千幾百元應該足夠我逃離這裏，計程車司機更會非常感激我。

「對不起。」我身後傳來小新的聲音。

「對不起甚麼？」我平和的笑。

「要你逃到這裏來。」

「才不是，是我自己想上來看看。」我指着年輕人們遺下的燒烤爐，「很香呢，還可以嗅到雞翼的味道。」

他俯身看看，「還有溶掉了的棉花糖呢。你最喜歡吃燒棉花糖。」

我的心顫動，那樣簡單的對話，竟會令我整個人潰不成軍，我別過頭，看着海的方向。

「我們離開吧。」我說。

「用不着這樣。我已經跟她說了，我明早才會回去。」

「她會哭一整晚。如果你現在回去，她會很高興的。」

「不用。」小新的聲音斬釘截鐵的。他真有一把動聽的聲線，連堅決也是有感情的：「我們又不是在做甚麼壞事。」

「不做壞事也可以傷害到別人。」

「對啊，我第一個傷害到的就是你。」

我嘆口氣，「我還不是一樣？」

小新不説話，我背對着他沒有回頭，我知道他還在那裏。

「我們的愛情，是如何流逝得一滴不留的呢？」

我是問我自己。

小新從後猛地抱着我，他的頭埋進我的肩頸之間。我也哭了，眼淚決堤般一直滑下臉龐，我記得，我只敢在小新面前哭。

「是我不好，我達不到你的要求。」他在我耳邊説。

不，你給了我愛情，但是我要求太多愛情以外的東西，是我令你愛得像從幾噸泥沙裏找一顆鑽石那樣的吃力。

我們回到屋子裏，雙雙倒在床上，我想吻他，但他把我的頭拉往他的胸前，我哭着用力的打他，他像一塊堅穩的大石般絲毫不移的任我發洩，等我終於累得停下來，跟他並排的躺着，他仰望着天花板說：「好好睡吧。不要這樣。我愛你，但不要這樣。」

我平伏下來。這個小新好像變成了一個成熟男人，沒有乘人之危。而我也得偷偷地承認，在這裏停止是最好的。

我們一同在帶有怪味的床鋪上睡了，像以前同居時一樣，睡在小新旁邊就可以睡得好安穩，沒有纏綿的撫摸，甚至沒有抱着對方，也不怕他看到我醜陋的睡相。

醒來時，天已經亮了，我看看錶，才六時多。一向貪睡的小新把被子都搶過去了，我微笑的看着他，不驚動他的靜悄悄起床。

躡手躡腳的彎腰找尋應該在床沿的鞋子，我忽然看到牆上有一些字。是留宿的人貪玩塗鴉吧，我蹲下來，掀開睡床的蓋子，細看牆上的字。都已經變得模糊了，是很久以前寫的吧，字跡像孩子的稚氣，再看清楚，我的心卻一震，呆住了。

那個字跡，像一個人……是小新的字。

是我一廂情願嗎？但不會錯的，我看了這樣的字跡十年，而且，我們曾經就在這裏度宿過。

牆上這隱蔽一角寫着：

今天是星期一，我愛你！
今天是星期二，我愛你！
今天是星期三，我愛你！
今天是星期四，我愛你！
今天是星期五，我愛你！
今天是星期六，我愛你！
今天是星期日，我愛你！

我伸手輕輕的摸着牆壁，深怕會把字抹糊了。抬頭看看床上熟睡中的小新，我全身無力，站不起來。

是的，千真萬確，這樣已經夠了，我已經得到比我值得的更多。

我步到陽台，點起從小新的外套裏找來的香煙，把它緩慢地抽完。女人的鼻子很靈敏，我嗅到小新身上有煙味，他以前都不怎麼抽煙的。我卻很久沒有抽了，這也許是我的最後一根，我要把它全部的毒素吸進我的肺裏，如果有天我患上肺癌，我希望有一部份是因為小新的這一根香煙。

它不是我抽慣的牌子，也因為我太久沒吸煙了，竟有種頭昏腦脹的感覺。跟昨晚被小新抱着時的一樣。

然後我悄悄走了，關門的時候輕聲得像個賊。然後，我獨自乘船回到中環，船泊岸的時候，我覺得像重返到地球。昨晚發生的一切，就似一次太空漫遊。

我看見柏樂芝。

她面色很蒼白，早上的天氣寒冷但她穿太少。她用手環抱在胸前，引頸的看着每一個下船步出碼頭的人，我垂下頭躲在人群後離去，像個見不得光的賤賊。回頭再遠望向她，我忽然不這麼討厭這個只有十多歲的少女了。

我們都在努力的為同一個人經營過一段感情。

再等一兩個小時吧，小新會回來的。他看見你，會心裏有愧，而且暗地裏深深的感動。而我，我可以放心走了。

星期六，也許我應該到機場接機。

阿慎在除夕夜出世，比預產期早了一天，好像是急不及待要趕上倒數狂歡的派對。

一月一日，人們都會平靜過來，嚴肅的更會用那天思考自己新一年的計劃和目標。但十二月三十一日，所有人卻是瘋狂的，把握那個機會喝得爛醉，倒數的時候放肆大叫，把身旁的陌生人抱住接吻。

阿慎選擇除夕夜來到這個世界，是因為那天比較切合他的輕狂性格吧。

除夕夜，我約了顏鍾書一起度過，和他見面之前，我一家人吃晚飯替阿慎慶祝生日。

一家人難得聚首，阿慎喝着湯的中途，突然宣佈：「我要結婚了。」

我被熱湯嗆倒了，母親震驚得目瞪口呆，父親紅着臉的質問：「你說甚麼？」

「我說我要結婚了。」

阿慎說得好像他要買一對新波鞋，然後「噓噓」作響的繼續喝湯。

「你發甚麼瘋啊？」我喊。

「不准！」爸喝叱道。

「你准不准我也會照樣結的，我已經決定了啊。」

「不准！」爸用盡他最權威的嗓門命令。

阿慎瞟了父親臉紅耳脹的面孔一眼，反叛的掀一掀嘴角。

我難以置信的尖叫：「誰？是不是蜜桃？你搞大了她的肚子嗎？」

阿慎還沒來得及回答，母親便已連珠發炮，「誰是蜜桃？哪來的女人？幾多歲？身家是否清白？阿謹你認識她？為甚麼從沒有跟我提起過？她大肚了，幾多個月身孕？阿慎你肯定是你的？你在外面幹甚麼了，竟搞大了別人的肚子！這個世界很多騙子，你小心她在騙你！」

「全家都是神經病！她騙我甚麼？我們家都沒有錢！」阿慎說。

父親憤而拍檯，我們都立刻瞪着他，他說：「你想指桑罵槐嗎？嫌我沒有錢給你追女人？你生到六呎昂藏，又是誰出錢養大你？」

阿慎還是臉不紅氣不喘，但語氣裏多了幾分無奈：「我並沒有想暗示甚麼，我只是告訴你們我要結婚了，你們就瘋掉了。」

父親強硬：「總之，就是不准！」

「我沒有想過你會批准，我滿二十一歲了，沒有甚麼要事前需要你批准。」

「你娶個女人回來，我當然要過問！」

「老婆是我娶的，關你們甚麼事？」

「你有種搬出去！」

阿慎夾了一條白菜，「可以，她在上環有層樓。」

母親開始哭，「仔，你不要嚇你媽……」

父親愈是暴怒，我愈是冷靜下來：「你至少得告訴我們，為甚麼突然要娶蜜桃？」

阿慎看着我，像我問了一個全世界最荒謬的問題。「當然是因為我愛她，想和她一起啊。」

父親又罵道：「你這些孩子口口聲聲的愛愛愛，你知道結婚是甚麼！」

我向父親做了個稍停的手勢，跟阿慎好好談：「你們才認識幾個月啊。」

「要知道自己愛不愛一個人，幾個月還不夠嗎？愛一個人就會想和她一起，你們幹嗎把事情看得那麼複雜？葉謹和一個男人同居十年你們不過問，我和一個女人堂堂正正結婚，你們卻群起反對我？」

我也不能跟他好好談，比起父親更大聲的喊：「喂，你怎麼把我的事都扯進去！」

父親看着阿慎又看看我，表情好像很失望：「好，你們兩姊弟的糊塗賬，我以後眼不見為淨！」

見父親撤退不管了，我跟阿慎說：「你真的瘋了！」

「瘋了的是你們，我覺得我異常地正常。」

「你會後悔的。」

「後悔的話就離婚。離婚和分手有甚麼分別？至少我和她有過拿得出來的婚姻婚書，做過老公老婆，不是嘴裏玩玩的外號。你和小新分了手，甚麼都不是啊！」

我大力透氣，眼睛都紅了，氣憤的瞪着阿慎。他好狠。

阿慎令我想起國際鑽石切割大師托高斯基。

南非的鑽石礦，曾經出產過一顆 599 卡拉的鑽石，顏色透徹得像冰一樣。每一顆巨型鑽石被發掘出來後，最令人頭痛的，是如何切割它。你必須沿着紋理下刀，稍一不慎，就會全顆粉碎。

那時候，De Beers 的托高斯基被委派擔任切割，他面對這項責任重大的任務，選擇不用傳統的敲琢方法，而是用人手刮割，一點一點的，把這顆大石刮磨，減至 274 卡拉的完美鑽石，取名 Centenary 百年之鑽。

我很佩服托高斯基，也絕無懷疑地相信，唯有這樣最能保存鑽石最大的份量，打磨出無瑕的完成品。

換作絕大部份的工匠，該會呆視着原石無從入手。寧願把機會和後果推卸給別人，自己滿足於應付小型廉價的鑽石，即使失敗了也不算有太大挫折，翌日若無其事的找另一顆重新來過。

只有一小撮藝高人膽大的天生冒險家，例如托高斯基，會拿起一個鎚子和鐵筆，二話不說劈下去，義無反顧的賭一鋪。別人在旁看得直冒冷汗，當事人卻輕輕鬆鬆的連眉頭也不皺一下。好像深信，靠着他的運氣和小聰明，一切壞事都不會發生在他身上。

我弟弟阿慎就是這種義無反顧的瘋子吧。

但蜜桃，她愛玩年輕男人，自己卻不年輕了吧，竟然陪阿慎一起瘋。

我告訴顏鍾書，他卻沒有很大的反應，「他們只是鬧着玩吧。」

「結婚也可以鬧着玩？他們幾多歲了？」

「阿慎是個比起實際年齡成熟的孩子，他只是反叛一點，結婚對他說不定是好事？」

我哀號：「連你也幫着他！」

「你對自己、對別人也要求太高了。想每一件事都做得面面俱圓、完美無瑕，不可以有一點點差錯。你固然也沒有錯，但那是他的人生啊，也許他將來會後悔，難道你以為他會不知道？你不用鼓勵他，但你也不能阻止他。」

「我是他姐姐。」

「家人的用處，是你跌進了深淵之後，把你扶上來。」

「你要我眼睜睜看他要一腳踏空，滑入懸崖也袖手旁觀？」

「你肯定那是懸崖？」

我沉默五秒，堅持：「是！」

顏鍾書也靜了五秒，具體一點說：「有些人熱愛高空彈跳，更是箇中高手，你看着他們由這幢樓的天台跳到隔鄰的樓宇，一定會覺得他們瘋了，只不過因為你太愛走掛有指示牌的大路。」

有時候，我真受不了顏鍾書的成熟，好像甚麼事情都不值得他吃驚詫異。

我望着他，「你也喜歡高空彈跳？」自從邱靈的事後，我開始懷疑我有多了解顏鍾書。

「我不愛玩命的遊戲。但跟別人鬥的時候，我最快樂。沒有競爭，反而叫我不知所措，趣味索然。對於事業如是，愛情也是。」他好像想向我坦白甚麼似的：「是的，有時候我明知前面是陷阱，我也會照走那條路，想試試我能不能越過。」

我問：「我是一個陷阱嗎？」

「不，你是那個陷阱後面的獎品。」他摟着我說。

我想着他的話。誰才是他鍾情的冒險遊戲，是我，還是鋪在我前面的其他女人？

儘管顏鍾書嘗試勸阻我，但我回到公司，一見蜜桃就無名火起。

我拉起她，「你跟我來！」

我把她堵在茶水間一角，臉色超級黑：「阿慎說要跟你結婚，是不是真的？」

她露出幸福的少女笑容，「他已跟你們說了？」

「你陪他一起瘋？他才二十四歲！你和一個二十四歲的男孩結婚，簡直是把兩個人的人生都當作遊戲！」

蜜桃仍是一副嬉皮笑臉，「人生不是遊戲一場嗎？我和阿慎至少肯進場投入的玩一個回合啊。可能我們會玩贏呢？」

我有種勸不動自殺的人回心轉意的心灰意冷，這個世界發生甚麼事了？

「你這樣謹慎地站在場外看，算得上是認真對待人生的嗎？」

我知道，蜜桃並不是故意傷害我才說出這話，她從來都不理別人的感受。

我別過臉搖頭，「我真的不明白，你為何會答應他這個瘋狂的提議？」

蜜桃等待兩個男同事路過了茶水間門口，才開口說道：「姐啊，我開始老了，也許四十歲的女人聽到我這樣說，會藐笑我在無病呻吟，但我真的覺得我老了。昨晚我洗澡後看着鏡子，發現我的胸脯已經有點下垂，乳頭和鎖骨中央一點再不是個等邊三角形，我的腰圍每年的逐吋增加，做再多的運動都無補於事，笑的時候眼角有細紋。和我同年紀的男人嫌我年薪比他們高，不肯委身追求，年紀比我大的男人只想和我上一次床，連炮友也不肯做。所以，當阿慎認真地說『嫁給我吧』時，我真的好感動。」

聽完蜜桃的驗身報告，我該同情她嗎？我嘆口氣說：「我相信，我弟弟被愛情沖昏腦袋了，他只是一時衝動。」

「有個男人因為愛你而向你求婚，你能夠拒絕嗎？」

我不置可否，只為了我弟弟而痛心：「他連工作都沒有，他大學還沒有畢業。」

「我爸媽二十歲時生下我呢！你不覺得阿慎他好可愛嗎？外面有這麼多甜美的少女但他選定了我！我今次拒絕的話，就會永遠失去他了吧？現在的人都是為了結婚而結婚，還有誰是為了愛情？我覺得我找到了絕種的好男人。」

我還是堅持說：「我也算得上頗為了解我弟弟，他不會真的跟你結婚。」

蜜桃不為所動，「可能吧，但我不後悔答應過嫁給他。」

她伸出左手，無名指上有一枚漂亮的鑽戒。

我立刻認出，腳一軟，苦笑：「天啊，是我媽給阿慎送給未來太太的戒指！」

蜜桃勝利地微笑，「祝福我吧。」

我的聲線轉弱了：「需要嗎？你們橫豎都一意孤行。」

「祝福我們吧。」

我還是做不到，轉過身離開。蜜桃叫住我，說：「你表弟小新，他今早找過你，他說你的手機號碼換了。」

「叫他不用找我了。」離島那天以後，我決心讓大家過沒有對方的生活。我回過頭看蜜桃，「還有的是，小新不是我弟弟，更不是我表弟，他是我舊男友。」

蜜桃呆在當場，我木然地丟下一句，「把應該當弟弟的男人當作情人，結果就是如此。」

顏鍾書問我要不要跟他一起出席他朋友的派對。

「Steven，你見過的。是他的告別派對。」

蔣冰鎮。「告別派對？」我問。

顏鍾書惋惜不已：「他辭職到新畿內亞的醫院工作，這個一世循規蹈矩的人忽然瘋了，到落後的第三世界行醫。他肯留下來的話，兩三年後就會升主任醫生。」

「他有說為甚麼作出這樣的決定嗎？」

「他說，做人要冒一次險才是不枉此生。」

我們準時來到的士高，我不能相信蔣冰鎮會選擇這種場地來舉行他的告別派對，他上前和顏鍾書握手，看着我微笑一下。蔣冰鎮穿着輕鬆的淡黃色毛衣和啡色絨褲，我看不慣他沒穿西裝或醫生袍的模樣，但他顯得很快樂。

顏鍾書不捨地說：「後悔還來得及啊。在那個鳥不生蛋的地方，你不會找到像我們會跟你喝紅酒的朋友，喝酒可能要用椰子殼盛着呢。」

蔣冰鎮微笑，「那就更好了，你知道我一向也不愛喝酒，我不用陪酒了。」

我問：「甚麼時候出發？」

「下個月。」他看着我。

「一路順風。」

「謝謝你。」

派對有很多人出席，有全身瀰漫消毒藥水味道的醫生，有西裝筆挺作成功人士打扮的大學舊同學，也有我認出是做電台電視台的娛樂圈人，還有幾個染了金髮、一身江湖味的男子。我從別人口中得知他們是蔣冰鎮以前的病人，有一個入院時捱了五刀，是蔣冰鎮把他的命撿回來的。

蔣冰鎮竟然擁有這麼多形形色色的朋友，我不禁對他另眼相看。他並非我一直以為孤僻高傲的男人。

然後，小新帶着柏樂芝出現了。

他一到場就扮演娛人的角色，不停講笑話，笑聲響亮。柏樂芝打扮得很成熟，低胸上衣披在她剛發育完成的排骨身段上，煙不離手，一點也不像十七歲的少女。小新對她的影響真不少，而且似乎壞的比好的多。她是故意要作這樣的舉止吧，竭盡努力使自己跟大她十一年的小新相襯。

她只圍着娛樂圈中人寒暄，這個年輕女子的企圖心真不少，小新說不好只是她的其中一塊踏腳石。

我撇下和朋友談天的顏鍾書，走到長桌旁找點吃的。

「你的電話號碼換了。」

我轉頭，是小新。

「嗯，前陣子丟了手機，乾脆甚麼都換新，包括電話號碼。」我說了謊。

「新電話號碼是甚麼？」

我一頓，裝作在想，然後抱歉的笑說：「我一時也記不起來。」

他彷彿理解的笑，「沒關係。」

連做朋友都不可以了。做朋友需要一點點的緣份。而我們，我們比起緣份又多了一點點。

「你和樂芝好嗎？」我問。

小新轉頭望着像蝴蝶般周旋在眾人中的柏樂芝，帶着情人獨有的溫柔說：「不錯。她還是個小女孩。」

「和你一起，她會急速地長大吧。」

「我能夠給她的，其實非常有限。」

「別小看自己，你是個有潛質又慷慨付出的男人。是我不懂欣賞你，她似乎比較懂，你們非常相襯。」

他笑，「你好像在說服我千萬別回頭追求你啊。」

我笑，「對啊，你千萬別回頭追我，我一定會把持不住的。」

我們相視而笑，感覺這麼近又那麼遠，能夠和分手後的情人輕鬆又親切的問候，這段感情再也沒有遺憾之處。

「你跟顏鍾書好嗎？」

「很好。」

「會結婚吧？」

我深呼吸一口氣，點頭，「這樣下去，應該會吧。」

「那很好啊。」

「嗯。」我釋然的笑。

「真可惡啊！等到現在我買得起鑽石戒指送你時，你卻已經移情別戀，更名花有主了！真叫我深深不忿哩！」

我看着小新，也不知道他是說笑還是認真。小新經常說了真話後，又把它包裝成笑話。反之亦然。

我老實告訴他：「最近我發覺，每天工作都對着鑽石的我，原來早已對鑽石沒甚麼感覺。」

小新把一隻手放進衣袋內，恍如拿起甚麼，又抽出閉合着的拳頭，「幸好你早一步說，我大可把它省下啊。」

我撲上他，像老朋友嬉戲胡鬧的嚷道：「我說謊，快把戒指拿出來！」

他大笑的避開我，我捉住他的手，他攤開空空如也的掌心。

「等你結婚時，我才送你。」

我快要給他氣死，「那有人送鑽石戒指當結婚賀禮？」

小新但笑不語。

蔣冰鎮走過來，「你們談得很高興啊。」

我跟小新單一眼，「最討厭我的人來了。」

「我到現在都不明白，你為何覺得我討厭你？」

「以前小新和你見面，帶着我同行的話，你都會擺出一張臭臉，全日不跟我說一句話。」

小新也同意點頭，「你真的對葉謹特別冷酷啊，她逗你說話，你都拒人於千里外的用單句回答，『好』、『不』、『沒所謂』，害我也不好意思再安排三人約會。」

蔣冰鎮瞪大眼，無辜地說：「我沒有……如果給了你們那種錯覺，我道歉。我可不是故意的。」

我用拳頭輕輕一捶他胸膛，「為了你現在自我放逐到第三世界，我就大人有大量，原諒你吧！」

蔣冰鎮對我的反應感到奇怪：「你也覺得我不應該去？」

我聳一下肩，在這個東奔西走的年代，沒有所謂應不應該。我猜着說：「人各有志，只是沒想到你的志向如此遠大。又抑或，你跑到那樣老遠是為了逃情？」

小新跟我一唱一和：「也許，冰鎮只是認識了新幾內亞的女網友，但現在ＡＩ猖狂，誰知道兩人見面時，他會見到甚麼？」

一板一眼的蔣冰鎮當然不會還擊我和小新的調侃，只能尷尬地笑。

我記起甚麼，對兩人說：「對了，我下月又要到東京公幹，要不要甚麼手信？」

「我不用，我已經離開了。」蔣冰鎮說。

小新對我說：「帶點櫻花回來吧。」

「笨蛋，櫻花四月才開！我都沒看過櫻花呢⋯⋯如果結婚的時候可以在漫天櫻花底下行禮，一定很浪漫。」

小新沒好氣：「告訴我們沒用，跟顏鍾書說啊！」

「他都沒說要娶我。」

「冰鎮，如果你在新畿內亞娶了個土人，記得叫我們去觀禮！我們會穿着草裙到賀的。」小新把手捂着嘴扮土人叫，叫聲維妙維肖的。

蔣冰鎮沒好氣的瞟小新一眼，問我：「說起來，顏鍾書呢？」

我環顧的士高，找不到他的影蹤，「剛才還見到他的……」

「我也要去看看樂芝了，你們繼續談。」小新說。

我和蔣冰鎮目送小新步回柏樂芝身旁，自然的把手搭到她肩膊上，從她手上接過她的香煙抽了一口，又發揮他的專業技能，開始不斷說話做鬼臉。

「他真是個大好人。」

「誰？小新？」

「他和柏樂芝分手了，仍帶她出席這派對。」

我太震驚，剛才聽小新說，他跟柏樂芝相處得不錯。

「那女孩想進娛樂圈，他帶她來拓展人脈。」

我不解，他為甚麼要跟我說謊？

「他這個人，就是太會為舊情人着想。」

「他們……真的分手了？」

「他沒有告訴你？」蔣冰鎮又一陣詫異。

我用力搖頭。

「唉，我又說了不該說的話。」

「不，請說下去。」

「你搬走的時候，他不苦苦挽留，是以為你會回來。做退讓的那一個，以為你會捨不得，所以孤注一擲，最壞的打算是分手罷了。怎料到你真的不再回去了。」

我的心涼颼颼的，「他從來沒有讓我覺得他要追回我。」

「他尊重你的最後決定。」蔣冰鎮垂下眼，滿臉可惜的多說一句：「當然，他不追回你，是滿以為你會發現他的重要性，又或不再重要。」

是的，當時他追趕的話，我更會拼命逃走吧。所以他冒一次險。

像隔着一個維多利亞海港，我游到了對面，回頭看他時已經太遲了，他隔岸揮手鼓勵我繼續前進，不要再猶豫不決。

我的喉嚨堵住了，心臟負荷不了突如其來的悲傷。

我太看小小新了，也實在自以為是，以為我喜歡他多於他喜歡我。

一直像個大男孩的他，做了一件最男人的事。

身旁的蔣冰鎮清清喉嚨，我回過神來，「對不起。」

他體諒的搖搖頭，「離開香港之前，應該不會再見到你了……」他從西褲袋裏拿出一張小紙條遞給我。

「是甚麼？」

我攤開紙條，是一個商業大樓的地址，還有一個我完全看不懂的英文專業名詞。

冰鎮沒直視我，盯着紙條說：「前去跟接待處說，是林總經理介紹你的。他是我朋友，在大陸投資藥劑，這隻藥發展了十年但在香港還沒註冊，街外人買不到。」

我笑，「我沒有病啊。」

「八年前不是患過甲型肝炎嗎？聽小新說你一向工作過勞之後，肝都會隱隱作痛。這隻藥對於肝臟很有裨益。」

我一怔，沒想到他會把我的病歷放在心上。

「謝謝。」我看着他。

蔣冰鎮把手插進褲袋，用專業的口吻掩飾心情：「試試看吧，我閱讀過有關它的醫學文獻，你大可放心服用。」

我把紙條小心摺起，一小塊紙張竟感覺那樣沉甸甸的，一種隱約模糊的情緒瀰漫在我們之間。

一顆藥丸，那是蔣冰鎮唯一能夠給我的東西，卻貴重得恍如一顆鑽石。

我開始明白，為甚麼多年來他總對我不瞅不睬、刻意保持着距離。

只能做到這一步了。醫生的專業訓練，叫他對着生離死別愛恨貪嗔癡都能冷靜抽離。

「謝謝。」我說。

「保重身體。」

「你也是。」我伸出手，「一路順風。」

蔣冰鎮遲疑了一下，用他溫暖長纖的手緊握住我的手。

找遍的士高也找不到顏鍾書，打他手機接到留言信箱，我無計可施下，逕自回家。垂頭搜出鑰匙，驚見門外有一個身影，我叫道：「顏鍾書！」

他蹲在我家的門外多久了？

「竟然一個人回來，真叫我意外呢。」他站起身。

「你想説甚麼？剛才你到那裏了？」

他瞅着我，「我甚麼地方都沒去，我就站在你身後，看你和舊情人打情罵俏。」

「我們甚麼都沒做！」

「當然了，的士高裏過百人，我想你也沒有膽量拉他進洗手間就地解決！」

我按捺着情緒，「你喝太多酒嗎？」

「不要扯開話題掩飾了。」他像變了另一個人。

「我和他已經沒有關係。你要我説多少遍才相信？你沒有看到他的女朋友嗎？」

顏鍾書冷笑，「捨不得啊？把他追回來吧。很容易做到的，在他面前脱光衣服，和他上一次床，他就回到你懷抱。你又不是沒有跟他上過床，一解開胸圍記憶就會回來了。」

我用盡全身力氣摑了他一巴，發出響亮的「啪」一聲。

顏鍾書捂着臉，放開手時，他發現手上有血漬。

我戴着他送的戒指，因為指環有點鬆，鑽石轉到手心方向，剛才一掌摑下去時劃破了他的臉。

我一驚，想上前察看。

顏鍾書卻退後一步，撫着臉龐說：「這是我第一次被女人打，也會是最後一次。」

我痛心的說：「為甚麼你不相信我？」

「你有甚麼值得我信任？」他反問。

我別過臉，「不要這樣，好不好？」

鄰居被我們爭吵的聲音驚動，打開門伸出頭察看，我尷尬的用鑰匙打開家門，「進去談好嗎？」

「有甚麼不可告人？」這個男人，此刻像極了流氓。

我拉着敞開的鐵閘，又是命令又是哀求，「進去再談。」

顏鍾書悻悻然跟我擦身而過，步進了屋內。我鎖上門，回頭提高聲線說：「你今晚是發甚麼瘋了！」

「不是今晚的事情吧，你敢看着我的眼睛，說你們之前沒有見面？」他質問。

我心虛，他知道了嗎？他不可能知道的。是在的士高裏？是柏樂芝告訴他嗎？我不敢正視顏鍾書。

「我們是去過離島……」

顏鍾書的目光很可怕，「繼續說下去呀。」

「我們是去過離島，過了一夜……」

他忽然轉身，怒氣沖沖的把我飯桌上花瓶和文件都掃到地上，再一腳將電視機踹倒。我驚嚇得不能動彈，他趨前用力的抓住我的肩膊，前後的搖動我，眼睛冒着火的大聲喊：「為甚麼你要這樣對我！」

我惶恐的瞪着他，以為自己看錯了，顏鍾書的眼裏都是淚水。

他忽然使勁的把我壓在飯桌，我的後腦硬生生的撞上，玻璃桌面的冰冷刺入心脾，他捉住我的雙手，俯身要吻我。我拼命蜷縮起身體，力竭聲嘶的哭泣：「不要！」

顏鍾書抓着我的頭髮在手中，喘着氣，「你是我的！」

我狠狠瞪着他，咬牙切齒的說：「我不是邱靈，我不是你的發洩品。」

他凝視着我良久，終於放開了手。我無力地滑下桌子，着地時手臂嵌進地上的花瓶碎片，竟然完全感覺不到痛楚。

顏鍾書並沒有把我扶起，他頹然的跌坐進沙發。

「和你一起之後，我沒有和他上過床。那一晚，我們最後甚麼事都沒發生。」

「已經沒關係了。」顏鍾書說得那樣平淡，像對一個陌生人說話。

一個處變不驚的成熟男人，被我弄得像慘綠少年般，將一間房子摧毀了，這種瘋狂的確應該停止了。

我掙扎着站起身，「如果你想，我們分手吧。」

「你想分手？」顏鍾書轉頭看我，他的頭髮都亂了，一綹垂在額前。

「我們這樣傷害對方下去，然後裝作若無其事，只會漸漸心淡，漸漸仇恨對方……結果還是會分手。」

「我從來沒有這樣被一個女人傷害過。」他噙着淚眼說。

「對不起。」我哭了。我一直懷疑他，但原來他如此愛我，可惜我到了這個境況才發現。

他低頭不語。

我俯身把地上的東西拾起來，一邊抹去不斷無聲掉下來的眼淚。我真的太不爭氣了，分手是我提出的，是我不要他的，我卻擺不出勝利者的姿態。

我留不住任何一個愛我的男人，我的生命是沒有希望了。

顏鍾書突然抱着我，我全身像被打敗的崩潰成碎片，嚎啕大哭。

他握起我的手，把玻璃碎片一塊一塊的拔去。

「我們最後可能還是會分手的。」我說。

「賭一鋪吧。為了得到你，我願意冒一次險。」

「這可能是你最錯誤的一次決定，你可能被我傷害得體無完膚。」

他把耳朵貼着我的臉龐，「你愛我嗎？」

我點頭，用力的點頭，一直的點頭。這一刻，我真的愛上他了。

顏鍾書失笑，把我抱得更緊，「傻瓜，我的近視不算嚴重，都看到啦。」

母親十萬火急的找我。「阿慎失蹤了！」

「他這麼大個人，怎會忽然失蹤掉？」

「他已經三天沒回家了！」

她這樣說來，我才想起蜜桃也請假了，幾天沒上班。我打她的手機找不着，便按照公司員工資料摸上她家，按門鈴沒人應，等了半夜也不見他們回來。

「要不要報警？」母親問。

「告訴警察甚麼？在香港姊弟戀是合法的，說你那二十四歲的愛兒被壞女人拐了？」

回家手機響起來，我收到了阿慎傳來的照片。

他穿着租回來有點不合身的黑色西裝，蜜桃穿着白色的連身裙子，在小教堂前合照。這兩個瘋子，跑到拉斯維加斯結婚去了！

除了婚照，阿慎更給我打了一段字：「姐，爸媽報了警沒有？找一天爸心情比較好時才告訴他這個消息，我怕他又爆血管入院。我們會再待兩個星期，度完蜜月才回來。拉斯維加斯很好玩，你結婚時也要來這裏一次。」

我沒好氣的嘆息，我這個弟弟。再拉下滑鼠看他們的照片一次，照片中的兩人傻傻的笑得好甜。

感情或許是這樣傻傻的，才可愛才難得吧。

這一鋪，他們可能真的賭贏了。

象腿小姐被沒事先申請就告假兩週的蜜桃氣炸，揚言要把她辭掉。

我請顏鍾書替蜜桃求情，才勉強保住了她的工作。

「現在的年輕女子都靠不住，讀書讀到大學畢業，一談戀愛卻把腦袋丟進垃圾箱，不顧一切不負責任！葉謹，你是這部門的最後希望！」

我連連答是，安撫着象腿小姐。

隔一會，象腿小姐從她偌大的辦公室走出來，跟我說：「你下午幫我選購一件結婚禮物，免得蜜桃她在背後說我這個上司冷血無情。」

「是。」

「那個傻女，可能連婚戒都沒收到，就跑了去結婚吧。」

「不會，女人對這些一點不笨，我看過那鑽戒，很漂亮得體。」

象腿小姐冷笑不語，回她的辦公室打開文件夾工作。

農曆新年，因為阿慎還沒回來，大除夕和年初一我都乖巧地回老家陪着父母。年初二早上，母親煎着蘿蔔糕，我和父親看着每年大同小異的賀年節目。

他忽然說：「不用陪我們兩個老人了，你去約會男朋友吧。」

「我們每天在公司裏都可以見面，放他幾天假吧。」

「男人要看牢一點。這房子有多大？我有你媽陪就夠了，你吃過蘿蔔糕就走。那個阿慎，有沒有說甚麼時候回來？」

「下星期二。」

父親從衣袋裏拿出四個紅包，「你替我給他們。」

我接過，看着不苟言笑的父親說：「好啊。」

我打電話告訴顏鍾書，他說：「我們男人都是口硬心軟。」

他晚上要陪客戶出海欣賞煙花，不能和我約會。

「對不起，我一下船就來你家。」

「沒關係，明天還是公眾假期。」

晚上我獨自留在家中，叫了外賣，喝着放太多味精的例湯時，聽到窗外傳來低沉的悶雷聲。我望出窗，原來不是雷電，是初二的賀年煙花開始了。

我開電視機，畫面是燦爛奪目的維港煙花。在家裏看電視比現場看的還要清楚。

很多年前，我和一個人在尖東海旁夾在擠擁的人群中仰頭觀看。這一夜，不知道他有沒有看煙花？

門鈴響起，站在門外的是顏鍾書。

我很意外，「你不是要陪客戶出海？」

「我答應過你，初二跟你從這裏看煙花。」

我把手環着他的頸，他把我擁進懷裏。

那名地產經紀沒騙我，從窗外的那兩幢大廈之間的夾縫，真的可以看到一點點煙花。

「在海上看比較壯觀吧？」我凝視着夾縫中的煙花，想像它完整的形狀。

「嫁給我好嗎？」

我回頭瞪着顏鍾書，他竟已單膝跪在地上，像要臣服於我。我因他突如其來的問題而心跳加速。

他的手心上有個打開了小紅盒，盒內放指環的凹位並沒戒指。他抬起眼看我。

「在海上看比較壯觀，但如果你答應，我這個『廢老』以後每年都陪你從這裏看只有十厘米長乘四厘米闊的煙花，直至你也變老。」

「不要。」我說。

顏鍾書露出失望的神情。

我淚凝於睫的微笑，「在你家看得比較清楚。」

我想了足足一日一夜，終於決定寫電郵，告訴小新一個消息。

「小新，你是第一個我告知這個消息的人。我要結婚了。我知道你會祝福我。我也衷心希望你會找到你的幸福，雖然我做不到給你幸福的那個女人。我想，我們是認識得太早了一點。謝謝你過去十年給我的一切美好回憶。謹。」

我把郵件傳出去了。

三月中旬的一個晚上，我獨自在家。

電話響起，他說：「看出窗。」然後就掛了線。

我走到窗前，忽然，一片片粉紅色的花瓣飄下來，逐漸的增多，在空中緩緩降下，是漫天的櫻花。

等不及升降機，我拼了命的跑上樓梯，直奔天台。

小新已經走了。

我扶着圍欄俯視下去，地上是一片粉紅色的地毯。

走到街上，我像個傻瓜的，把每一塊花瓣都拾起來，裝進玻璃瓶裏。

謝謝你，謝謝，謝謝你的祝福。

深夜二時，電台節目的第一首歌是《陰天》。

她充滿感情的磁性聲音唱着：

愛情終究是精神鴉片，還是世紀末的無聊消遣……

開始總是分分鐘都妙不可言，誰都以為熱情它永不會滅……

總之那幾年，感性贏了理性那一面……

感情說穿了　一人掙脫的　一人去撿……

總之那幾年　你們兩個沒有緣……

音樂徐徐完結，空氣中傳來他的聲音：

「一個我很要好的朋友要結婚了。老套點也要說一句，祝你婚姻幸福美滿，白頭到老。但是，如果有天他甩了你，記得來找我……說笑啦，到時我再不濟都該娶了個老婆，或者不止一個。所以請不要誘惑我，你知道我受不了誘惑的弱點，尤其對於美女。這一首歌，是送給你的。」

結婚進行曲奏起。他這個長不大的孩子，半夜做節目播這樣的歌。

在蘭桂坊的 Tokyo Joe 吃過日式午餐，顏鍾書說要帶我到一個地方。我苦着臉告訴他我下午有每月部門會議，「我近來為婚禮的事忙得團團轉，象腿小姐常給我臉色看，再遲到早退會被辭掉啊。」

「那就別工作，專心替我打工，一口氣生五個孩子。」

「五個！」我嚇壞。

「是啊，我一向是苛刻的上司，幫我打工不是優差呢，生夠五個才准退休，但你放心，我會提供最完善的員工退休保障。」

「當日你聘請我時，可沒有提及這個工作範疇呀，我想我要再考慮一下才簽長約！」我笑。

「太遲了，你已經收下了加盟金，如果現在敢跳槽，我一定會不惜一切，讓全行都不敢聘請你！我除了是苛刻的上司，還是狠毒的商人呢。」

我裝出害怕的表情，「你開的是甚麼黑店！」

「每個男人都是一間黑店。你步進去，可別妄想完整無缺走出來。」

他帶我到 Tiffany's，請售貨員拿出他選定了的數顆鑽戒。

「你竟然不買 Ipres，小心老闆知道了把你紀律處分！」

「你不是最喜歡《Breakfast At Tiffany's》嗎？Tiffany's 的婚戒是所有女人的夢想吧。」他把向我求婚時的小紅盒拿出來，盒內放指環的凹位，就是為了嵌進這一枚未來的戒指。

我終於做到母親的吩咐，找到一個送我鑽石的男人。

找到一個，把我當鑽石般珍而重之的男人。

等待售貨員時，我無意的轉頭望出街外，一張熟悉的臉孔出現眼前。

我不敢移動，怕驚動身旁的顏鍾書，渴望能夠在沒人發現的瞬間，再多看這張臉孔一眼。

小新就站在櫥窗外，一貫的棉質格子襯衫配長褲球鞋，頭髮剪短了，露出大大的耳朵。他咬着麵包，在展示箱前駐足，隔着玻璃盯着裏面的首飾，神情是那樣的輕鬆，看不出是認真對首飾有興趣，還是不過是路過而停步。他沒有發現店內的我，空氣彷彿凝結成透明啫喱，把我們都鎖住了，在這奇異的空間裏，我能夠聽到我的呼吸聲、我的心跳聲，然後那個聲音又再次揚起。

那首小新在電台裏最後點給我的歌，淡淡的、忽遠忽近的流進我的耳朵……我的心好難過，難過得不能用力吸氣，只能凝視着他、艱辛的填滿肺部的空隙。

求求你，讓音樂停止吧。

我壓抑着鎖骨的起伏，壓抑着大聲叫他名字的慾望，壓抑着旋律戳刺我胸口的疼痛。

小新，我賦予他這個小名的人。杜文生，這個俗氣得連文人也不想用的名字。

他轉身，沒有聲音的離開。

我的眼淚終於奪眶而出，我呆呆的不能抬起手把它擦掉，只能任憑它滑下我的臉我的頸項。也許只有在這一秒中，我才終於記住了小新的臉，把它隱藏到我體內的某一個地方。

「你怎麼在哭？」顏鍾書吃驚的握着我的肩膊。

我望着絲絨盤子上的鑽石戒指，一顆一顆閃爍的眼淚串成一線，我雙唇顫抖的輕聲說：「太美了。」

顏鍾書釋然的呼一口氣，朝售貨員小姐笑說：「看來這件我是非買不可了。」

瞄向剛才小新站着的位置，他貼着玻璃呼吸的位置，再找不到一點殘留的溫度。

我的某一部份，由他構成的某一部份，潛進深海再也打撈不上來。

再見了，小新。再見了，杜文生。再見了，我跟自己說。

書　　名　自然優雅地讓愛流逝
作　　者　梁望峯
責任編輯　王穎嫻
美術編輯　Dawn Kwok
協　　力　林碧琪　Key
出　　版　天地圖書有限公司
香港黃竹坑道46號新興工業大廈11樓（總寫字樓）
電話：2528 3671　傳真：2865 2609
香港灣仔莊士敦道30號地庫（門市部）
電話：2865 0708　傳真：2861 1541
印　　刷　點創意（香港）有限公司
新界葵涌葵榮路40-44號任合興工業大廈3樓B室
電話：2614 5617　傳真：2614 5627
發　　行　聯合新零售（香港）有限公司
香港新界荃灣德士古道220-248號荃灣工業中心16樓
電話：2150 2100　傳真：2407 3062
出版日期　2024年7月／初版

ISBN ：978-988-8551-50-7